AF391694

Impression à la demande

Dépôt légal auprès de la BNF :
Janvier 2024

ISBN : 978-2-9591600-0-4

Toute ressemblance avec des personnages et/ou des évènements existants ou
ayant existé serait purement fortuite.

ATAVI(E)

Marion HARMONIE

« *Nous ne sommes pas responsables de notre atavisme,
mais nous pouvons rester maître de notre destin...* »

1

La vie est un long fleuve...

Brignoles, département du Var

Tandis que les cigales diffusaient leur mélodieuse symphonie estivale, mes yeux noisette scrutèrent avec langueur le panorama qui s'offrait chaque jour à moi depuis bientôt deux ans. Une chaîne montagneuse recouverte de son beau manteau arboré, d'un vert éclatant, surplombait les immenses tracées de vignes devant lesquelles se dressait notre mas provençal.

Je reposai mon verre de jus d'orange pressé sur le petit banc en pierre exposé plein sud, et balayai du regard cette demeure traditionnelle typique et qui était aussi l'héritage de mon mari. Elle représentait l'aboutissement et le fruit de plusieurs décennies du labeur acharné de ses ancêtres. En continuant ma promenade matinale, je parcourais ce hameau, qui abritait dans son bel écrin de verdure, la somptueuse maison familiale égayée de petites fenêtres aux volets de bois couleur lavande. J'adorai chaque jour parcourir cette bâtisse et ses six chambres, ses quatre salles de bain, et cette cuisine spacieuse ouverte sur une immense salle à manger dans laquelle j'aimais y préparer de bons petits plats. Les deux salons de taille différente m'offraient un cadre propice pour y lire mes polars préférés. J'en profitais pour ranger mes dernières lectures à l'étage, où il y avait aussi un bureau dans lequel se trouvait notre fameuse bibliothèque dont les rayons foisonnaient de beaux ouvrages, ainsi qu'une autre pièce servant de salle de jeux que je vis de nouveau en désordre. Je redescendais et me faufilais ensuite à l'extérieur, où se trouvait la terrasse principale pavée de dalles en travertin, avec notre piscine écologique recouverte de nénuphars, qui rehaussait l'éclat de ce mas. L'immensité de cette propriété luxueuse et confortable de sept hectares, me plongeait toutefois peu à peu dans la solitude d'une vie paisible et isolée.

Une voix affirmée me sortit soudainement de ma rêverie.

— Chérie ! Je dois partir, tu peux venir surveiller la petite ?

— J'arrive !

Je traversais de nouveau la maison à la hâte pour gagner la porte d'entrée qui était ouverte. Les boucles châtain clair de ma fille Capucine dansaient sous mon regard amusé de jeune mère encore novice. Elle n'avait que seize mois, mais cette tempête d'amour avait bouleversé mon quotidien autrefois si structuré. Ses pas incertains mais fougueux se mirent à dessiner une forme sur les graviers immaculés qui tapissaient la cour de notre résidence.

Gustave, mon mari, sortit nous rejoindre, sacoche à la main et veste de costume en lin crème négligemment posée sur l'avant-bras. Je contemplais ce bel homme, qui m'avait envoutée il y a cinq ans. Ses yeux émeraude, sa grandeur, sa carrure, son charisme et sa chevelure fournie châtain claire élégamment coiffée ne cessaient de me griser ; ainsi que sa maturité, car il approchait de la quarantaine alors que je venais tout juste d'attaquer la trentaine. J'admirais aussi sa confiance en lui, son sérieux et son professionnalisme qui lui avait permis de devenir cadre dans une grande entreprise pharmaceutique. Néanmoins, ce genre de poste impliquait de nombreuses sollicitations depuis notre arrivée dans la région, surtout avec la crise sanitaire.

Je me débattais pour repousser mes longs cheveux bruns bouclés malmenés par le mistral naissant, afin de pouvoir offrir un baiser à mon mari.

— Ne m'attends pas ce soir, je risque de rentrer tard… me dit-il l'air peiné avec son regard fatigué.

— Encore ? J'ai l'impression que ça fait des mois qu'on ne s'est pas retrouvé. Tu me manques…

— Nora, ne me culpabilises pas s'il te plaît, on en a déjà parlé, je fais de mon mieux pour nous offrir une belle vie et conserver ce patrimoine familial qui me tient à cœur. Je comprends ma chérie que tu puisses parfois t'ennuyer, mais tu fais le plus beau métier du monde, celui de mère et c'est essentiel pour l'équilibre de Capucine.

— Je sais, je sais… enfin ça ne m'empêche pas d'être contente de la faire garder quelques jours par semaine pour que je puisse essayer de trouver ma voie. Je ne suis pas qu'une maman…

Avant d'avoir déménagé, j'occupais un très bon poste d'archiviste au sein d'une grande collectivité territoriale normande. Malheureusement, notre déménagement précipité, la pandémie mondiale et ma grossesse ont mis entre parenthèse ma carrière professionnelle pour une période indéterminée, ne me laissant qu'un statut de mère au foyer en quête de nouveaux projets.

Gustave m'embrassa sur le front avant de prendre sa fille dans ses bras, pour lui faire le seul câlin de la journée dont il pouvait être capable.

Je le contemplais, songeuse.

— Passe une bonne journée ! lançai-je en le voyant se diriger vers son Range Rover gris métallisé flambant neuf.

Me retrouvant seule avec ma fille dans ce palace, je décidai de tromper mon ennui. J'installai donc Capucine dans ma petite Fiat 500 CC noire décapotable. Alors que je m'apprêtais à partir pour la crèche municipale qui se trouvait à une quinzaine de minutes du mas, Fanny la postière me héla de notre portail qui se trouvait au bout de notre allée.

— Bonjour ! Voici un recommandé pour vous, veuillez signer ici s'il vous plaît, puis elle me tendit un stylet et me présenta son pda.

Je la remerciai et ouvris l'enveloppe kraft A4 cachetée contenant une missive envoyée par une étude notariale que je ne connaissais pas, ainsi qu'une seconde enveloppe blanche sur laquelle était sobrement inscrit « Pour Nora ». Sauf que cette écriture m'était familière.

On dirait celle de maman.

Mais cela était impossible, car elle était décédée prématurément d'un infarctus il y a plus de trois ans.

Je m'apprêtais à lire la missive pour éclaircir ce mystère, lorsque des cris provenant de la voiture me rappelèrent l'impatience de ma fille. J'accourus et déposai précipitamment le courrier dans la boite à gants avant de quitter le mas.

À notre arrivée, j'eus la chance de trouver une place de stationnement juste en face de notre destination. Lorsque j'ouvris la portière et détachais sa ceinture de sécurité, Capucine me tendit instantanément les bras, puis m'enlaça affectueusement, ce qui gonfla mon cœur de maman plein de tendresse. En entrant dans l'espace d'accueil de la crèche, je déposais ma fille sur une petite chaise le temps d'enfiler le masque chirurgical, et les sur-chaussures obligatoires. Nous traversâmes ensuite un petit couloir menant vers un second espace, dans lequel se trouvait un grand patio qui séparait l'environnement des petits de celui des plus grands. Des dessins, des peintures, des guirlandes en papier et les photos des enfants étaient scotchés un peu partout sur les murs. Lorsque j'arrivais dans le coin dédié aux bébés, Christelle, la jeune assistante maternelle me salua d'un air enjoué.

— Bonjour Madame Lonzac, bonjour Capucine ! Oh la la… vivement qu'on enlève ce maudit masque, avec cette chaleur c'est une horreur. Dit-elle en récupérant ma fille.

— Je compatis, et j'espère qu'avec ce fameux vaccin nous allons enfin pouvoir reprendre une vie normale.

— Nous verrons à la rentrée si le protocole peut changer, ou du moins s'assouplir. D'ailleurs, vous vous souvenez que cette année exceptionnellement la crèche fermera tout le mois d'août, et n'ouvrira de nouveau que début septembre ?

— Oui, oui. Après je souhaite laisser Capucine jusqu'à fin juillet, car de toute façon mon mari et moi ne partons pas en vacances. Je préfère qu'elle profite au maximum de ses compagnons de jeu.

— Je vous comprends. Après tout, ici en Provence, nous vivons déjà dans un lieu paradisiaque, donc plus besoin de se dépayser. Et puis, avec ce fameux passeport sanitaire qu'il faut obtenir pour quitter la France ça complique tout. Et oui, cette femme n'avait pas tort. Toutefois, la solitude que je ressentais depuis ces deux années me poussait parfois à vouloir changer d'air ; à revenir en Normandie pour retrouver ma famille, avec laquelle les liens avaient été malheureusement rompus depuis mon mariage avec Gustave.

De retour dans ma forteresse où le mistral continuait de souffler, pour rompre le silence assourdissant de la maison, je lançai le tourne-disque que nous avions acquis récemment. La voix soule d'Amy Whinehouse, retentissait dans toutes les pièces que je parcourais d'un pas déterminé pour débuter mes activités quotidiennes : ménage, lessive, rangement, cuisine, etc. Les heures passèrent comme à leur habitude, lentement mais sûrement. Je terminais cette matinée en faisant un *footing* revigorant, sur un chemin de randonnée qui se trouvait à proximité de la résidence. J'adorais ce moment, car je me sentais libre, et j'oubliais toutes mes angoisses, mes regrets, mes remords, et le mal-être que je ressentais depuis quelques temps.

En revenant de ma course, essoufflée et transpirante, je me rendis directement dans la salle d'eau du rez-de-chaussée pour profiter d'une longue douche décontractante. Dès l'instant où j'eus terminé, une sensation étrange me gagna, celle d'avoir oublié quelque chose… mais quoi ? Mon esprit cogitait en vain.

En me dirigeant vers le dressing de notre suite parentale au second étage du mas, je ne pouvais m'empêcher d'observer les différents portraits de famille qui étaient accrochés aux murs du couloir. Ces regards sur papiers glacés me narguaient tous les jours. Il n'y avait que la famille Lonzac qui était représentée. Une grande lignée très ancienne, dont les cousinades rythmaient chaque mois les week-ends, nous obligeant à parcourir des centaines de kilomètres dans la campagne du Lubéron ; alors que j'aspirais à avoir mon mari rien qu'à moi, dans ces rares moments où il aurait pu être disponible. Cette dynastie, me renvoyait au fait que je n'avais presque plus de famille, et que c'était en partie eux les responsables de la distance qui s'était installée avec mes parents.

Soudain, un éclair de lucidité me frappa…

Comment ai-je pu oublier l'enveloppe ! Ces longues années de routine et d'isolement familial avaient progressivement porté atteinte à ma mémoire, surtout depuis un certain temps. Je me hâtais pour la récupérer et m'installai confortablement dans l'un des canapés du salon pour découvrir son contenu.

Chère Madame Lonzac,

Veuillez nous pardonner de ce retard inadmissible, mais nous avons retrouvé récemment dans un de nos dossiers, ce courrier qui vous était destiné suite au décès de votre mère survenu en début d'année 2018.
Cet écrit officiel a été exécuté juste avant la disparition d'Élisa DEVILLET, la défunte. Sa volonté était qu'elle vous soit remise personnellement en dehors de la lecture de son testament, et sans la présence de votre père.
Cependant son enregistrement n'ayant pas été réalisé correctement, cette pièce s'est perdue et a été trouvée dans le dossier d'un autre client décédé il y a peu.
Cette erreur est injustifiable et nous réitérons nos sincères excuses.

N'hésitez pas à nous contacter pour tous renseignements complémentaires. Nous restons à votre aimable disposition.

Veuillez agréer Madame, l'expression de nos meilleures salutations.

Étude Notariale Lelièvre & Associés

Avec fébrilité et émotion, je décachetai l'enveloppe et lu les derniers mots de ma mère.

Mon petit ange,

Je crois qu'il me reste peu de temps, je le sais, je le sens. Je sors de mon brouillard comateux et me dis qu'il faut que je t'écrive à défaut de pouvoir t'en parler en face, puisque cela fait déjà un moment que tes visites se font rares. L'infarctus qui vient de me frapper, m'a fait prendre conscience que la vie est courte, et qu'il ne faut pas hésiter à se dire les choses. J'aurai tant aimé qu'on retrouve notre complicité d'autrefois... mais je sais que l'amour peut aussi parfois éloigner. Je ne déteste pas ton mari, ni ta belle famille qui me donne tout de même l'impression de t'avoir enlevé à moi, et qui nous ont aussi démontré qu'on ne jouait pas dans la même cour, notamment lors de votre mariage. Ce qui me fait peur aujourd'hui, c'est de savoir ton père seul, sans sa fille chérie, si je ne m'en sortais pas. Vous êtes butés tous les deux ! Deux têtes de pioches ! Mais vous vous aimez de façon inconditionnelle. Reviens vers lui, s'il te plaît !
Si j'ai choisi aussi de t'écrire, c'est pour te parler d'une chose importante. Étant donné que ton père se braque facilement sur le passé de sa famille, je préférais trouver un moyen discret pour l'évoquer. Après toutes ces années, j'avais l'impression de connaître ton père par cœur... mais lorsque tu t'es mise en tête de faire la généalogie familiale et que ton père s'est renfermé, j'ai perçu en lui une lueur étrange que je ne lui connaissais pas. Je ne supporte pas l'idée que l'on me cache quelque chose, surtout venant des personnes que j'aime. En tout cas, ce

qui est sûre, c'est qu'il y a quelque chose d'étrange dans l'air. J'ai voulu aborder plusieurs fois le sujet avec lui, mais il bougonne et fuit la conversation. Je t'encourage donc à reprendre tes recherches et à répondre à ma soif de vérité, s'il y en a bien une à découvrir. Si malheureusement je ne m'en sors pas, sache que ça sera ma seule et unique volonté. Peut-être que cette démarche finira par vous rapprocher... en tout cas je l'espère. S'il a quelques démons que ce soit, je préfère qu'il les exorcise et qu'il puisse s'en libérer, afin de mettre des mots sur ce passé troublant, plutôt que de finir sa vie rongée par le secret.

Je t'aime ma Nora et je serai toujours auprès de toi, même éloignée ou au ciel, tu es dans mon cœur et je suis à jamais dans le tien.

Maman

Je repris mes esprits, et essuyai les larmes qui perlaient sur mes joues. En relisant ces lignes, une intense énergie me gagnait et effaçait le laisser vivre chronique qui m'habitait depuis que je portais le nom des Lonzac.

Si ma mère était troublée, ce n'était pas anodin... elle avait parfois un genre de sixième sens. J'allais donc remplir au mieux cette dernière mission qu'elle me confiait. Je me levais alors avec entrain et me dirigeai vers le bureau du premier étage.

Installée devant mon ordinateur, perdue dans mes pensées, hésitante et encore bouleversée par les mots de ma mère, je replongeai dans les recherches généalogiques que j'avais réalisées il y a déjà quelques années. Je cliquai donc sur la dizaine de documents numérisés qui étaient enregistrés dans le dossier dédié. La plupart de ces informations provenaient des sites des Archives Départementales que j'avais consultés, et notamment celui des Archives Départementales de l'Eure concernant la branche maternelle.

Avec l'appui de ma grand-tante, je pus retracer une bonne partie de la lignée de ma grand-mère paternelle. Par contre, du côté de mon grand-père, mes notes me rappelaient que j'avais rapidement été bloquée dans l'avancée de mes recherches. Plus aucune trace de mes ancêtres au-delà de mon arrière-grand-père Henri, malgré avoir parcouru de façon répétée les registres paroissiaux et les registres d'états-civils concernés, antérieurs à sa naissance. J'avais réussi cependant à obtenir un certain nombre d'éléments intéressants sur le site *Mémoire des Hommes*[1], hébergeant les registres matricules et les journaux des opérations militaires des soldats français ayant servi pendant la première et la seconde guerre mondiale.

Ce fameux arrière-grand-père nommé Henri, Joseph Devillet, était né le 7 octobre 1898 à Allondaz, canton d'Albertville en Savoie. Toutefois, un astérisque non commenté avait été ajouté à côté du lieu et de la date de naissance. La profession indiquée : garçon de bureau. Pas de père mentionné, ni de mère. Il avait servi successivement en 1917 dans le douzième bataillon de chasseurs et aux armées. Puis, il fut reformé et renvoyé dans ses foyers en 1919, suite à une blessure grave à la main gauche. Son annulaire et son petit doigt avaient été sectionnés lors d'une campagne militaire spéciale, ayant eu lieu le 8 août 1918 à Longchamp près d'Épinal. Ce qui

---

[1] https://www.memoiredeshommes.sga.defense.gouv.fr

me parut étrange, c'était surtout l'absence de ce nom dans le registre d'état civil dans lequel il aurait dû être inscrit. La seule trace de « Devillet » se trouvait juste dans les registres matricules militaires, ce qui n'était pas normal. Je m'étais aussi lancée dans quelques recherches infructueuses en contactant directement les Archives Départementales de Haute-Savoie, du côté des archives des bureaux de bienfaisances, des hospices dépositaires ou encore des crèches orphelinats locales. Mais là non, plus aucune trace pour cette période supposée, ni dans les registres d'abandon. Cela voulait certainement dire qu'il n'était pas orphelin. Mon père n'avait jamais voulu répondre à certaines de mes questions sur le sujet, me disant que notre passé familial était inintéressant et qu'il fallait se tourner vers l'avenir. Cependant, sa réaction révélait surtout son enfance compliquée avec une présence parentale restreinte, sans affection… ce que j'avais pu constater petite lors de nos rares réunions familiales.

Alors que je commençais à analyser son cas, un appel visio de Marina, ma meilleure amie, m'interrompit. Je posai mon téléphone portable sur l'écran de mon pc, puis décrochai avec enthousiasme.

— Salut ma vieille… alors comment vas-tu ? me lança-t-elle de façon désinvolte tout en me montrant le paysage maussade normand.

Je pris le parti de ne pas mentionner ce sujet avec Marina pour le moment.

— Mieux que toi à ce que je vois. Quand est-ce que tu viens me voir ? Je te signale qu'ici l'été a commencé depuis déjà deux mois et que la piscine est à 30 à degrés. J'ai un millier de chambres pour t'accueillir, de l'excellent vin et beaucoup de temps à te consacrer.

— Ne m'en parle pas, mais effectivement si tu es toujours d'accord je peux te rejoindre en train d'ici ce week-end ?

— Non ! C'est vrai ?

Surexcitée, je frappai dans mes mains.

— Bah oui… je veux tout de même voir ma filleule je te signale. Elle me manque.

— Tu es la bienvenue bien sûr. Tu seras avec Jérémie ?

Son silence gênant ne présageait rien de rassurant.

— Euh ! Comment dire…. Jérémie c'est du passé. J'ai justement besoin de changer d'air.

— On en discutera après une bonne dose d'alcool ! dis-je avec empathie.

— Je vais avoir besoin de tonneaux de vin pour me remettre de ce connard. Et en parlant d'homme, le tien va bien ?

— Oui le fantôme va bien. Il n'est pas souvent là comme d'habitude. D'ailleurs je crois qu'il doit partir ce week-end pour un congrès de plusieurs jours, donc ton arrivée tombe à pic. Deux femmes abandonnées en quête d'aventures…

— Extraconjugales ?

— Non ! Je suis une femme respectable moi Madame… je serai simplement ton co-pilote. Néanmoins, ça ne m'empêchera pas de fantasmer. Ajoutai-je en lui faisant un clin d'œil.

— Très bien, parfait Madame Lonzac. Au moins ma valise sera rapide à préparer. Que des maillots de bain !

— Oui enfin quelques robes peuvent servir si on va dîner dans certains restaurants du coin. Je ferai garder la petite par la fille d'une des assistantes maternelles de sa crèche. Apparemment elle recherchait un petit boulot de nounou pendant les vacances, donc on pourra sortir plus facilement.

— Quoi ? Mais je voulais emmener ma filleule dans les bars et en boîte.

— Évidemment ! Lorsqu'elle aura plus de dix-huit ans et que ce foutu virus nous lâchera la grappe.

— Ah bah oui le virus zombie ! Tiens d'ailleurs j'ai tous les vaccins recommandés, je suis *clean* pour venir.

— C'était la condition que j'avais oublié de te mentionner, donc c'est top. Tu as ton passeport pour venir chez moi de façon illimitée.

— On va bien se la coller ! s'exclama-t-elle, en levant devant son écran un verre de je ne sais quoi.

— Au fait, je sais que je change de sujet mais est-ce que tu as croisé mon père ces derniers temps ?

Son visage espiègle laissa place à une mine moins enjouée.

— Ma chérie… justement je voulais aborder ce sujet. Je sais que je suis ton indic, mais il faudrait que tu songes à le recontacter lorsque tu pourras.

Les traits de mon visage se raidirent brusquement.

— Ce n'est pas bon, c'est ça ?

— Écoute, il m'a demandé de ne surtout pas t'en parler, mais en effet son cancer s'est aggravé brusquement. L'ambulance vient le chercher tous les jours pour l'emmener à l'hôpital car son protocole s'est durci. Sa chimio ne semble pas être très efficace. En tout cas je sais une chose… c'est que ça lui ferait du bien de te voir. Même si vous êtes deux têtes de mules.

Mes yeux brillants et embués de larmes se détournèrent de l'écran.

— Tu sais bien que j'ai fait des efforts plusieurs fois et qu'il m'a soit claqué la porte, soit raccroché au nez. Il n'a jamais pris de nouvelles, ni demandé à voir sa petite fille.

— Bon… prends juste un peu de temps pour cogiter et tu sais bien que je vais essayer de t'aider au mieux.

— Je sais ma puce. Merci.

— On en rediscute plus tard ? Je vais devoir te laisser.

— OK ma chérie ! Envoie-moi un message pour bien m'informer du jour et de l'heure d'arrivée de ton train, histoire que tu ne poirotes pas trop à la gare.

— Pas de soucis, et tu me connais, sinon je trouverai un beau mâle musclé pour me déposer chez toi avec ma plateforme de covoiturage préférée. Je t'aime à plus.

— Moi aussi !

Lorsque la conversation s'acheva, je constatai qu'il était bientôt temps de récupérer ma fille. Avant de filer la chercher, une idée me vint. Celle de commander un test génétique. Quitte à investiguer davantage, élargir le champ des possibilités serait peut-être un plus et également, ma seule autre option pour le moment. Je consacrai alors, quelques minutes à créer un compte avec mon nom de jeune fille sur le site le mieux référencé d'internet « *Mes Racines* », puis à renseigner les informations demandées, afin de commander un kit.

2

Paresseuses

Vendredi, 16h45

Je patientais tranquillement sur le parking des arrivées en gare d'Aix-en-Provence, avec ma fille accrochée à mon cou. Le soleil brillait comme à son habitude, le ciel était sans nuages et les cigales restaient à leur poste pour entonner leur hymne d'accueil.

Marina déboula comme une furie dans notre direction. Cette grande sauterelle blonde aux cheveux mi-longs lisses et aux yeux bleus gris, accourut vers nous et nous enlaça affectueusement, ce qui effraya quelque peu Capucine.

— Ah mes chéries ! Que vous m'avez manqué ! cria-t-elle euphorique.

— Alors madame la « glandeuse », enfin je veux dire mademoiselle la prof d'allemand de nouveau en vacances, votre voyage s'est bien passé ?

Elle jeta son masque chirurgical dans une poubelle qui se trouvait à quelques mètres, avant de se badigeonner les mains de gel hydroalcoolique.

— Oui ! J'ai enfin largué ces petits crétins de collégiens pour me faire dorer la pilule avec toi et ma princesse. Viens voir tata Mimi. Dit-elle en nous décochant un large sourire et en tendant les bras vers Capucine.

Ma fille ne se fit pas prier.

Marina la lança en l'air plusieurs fois, ce qui lui déclencha instantanément de sacrés sourires.

— Un ange incarné ma filleule, la plus belle de la terre. Je veux la même.

— Je te la loue pour ton séjour si tu veux. Répondis-je en me dirigeant vers la voiture.

Nous nous installâmes dans mon carrosse décapotable et décollâmes à destination de Brignoles.

Le trajet fut riche en délires : karaoké, drague entre automobilistes, et hilarité en tout genre. Marina occupait une grande place dans ma vie depuis le lycée, et lorsque nous étions ensemble, le vide en moi se comblait quelque peu.

En arrivant au mas, nous n'avions qu'une idée en tête, profiter de la piscine écologique et nous organiser un goûter de prestige avec viennoiseries, fruits frais et quelques cocktails bien préparés, pour le moment sans alcool. Ma fille s'amusait comme une folle dans sa bouée jaune canari, nous regardant nous battre avec des frites en mousse. Le début de soirée arriva vite et je me rendis compte que Gustave ne m'avait toujours pas appelée depuis que son avion avait décollé tôt ce matin en direction de Paris. Ce ne fut qu'avant le dîner, que je finis par recevoir un sms assez laconique de sa part, m'informant que la journée avait été intense et qu'il allait directement se coucher.

Sur la terrasse principale, Marina était attablée et prête à déboucher une bouteille de blanc.

— Elle dort déjà ? m'interrogea-t-elle en nous servant du vin.

— Oui comme un loir.

— Encore heureux qu'elle n'ait jamais eu de souci de ce côté-là. Sans sommeil et avec un mari toujours absent, tu finirais en dépression. Au fait, ça ne te dérange pas que je me grille une cigarette ?

— Tiens tu te remets à fumer ? Je pensais que tu avais arrêté.

— J'ai essayé pour faire plaisir à mon imbécile d'ex. Mais on ne se débarrasse pas si facilement de nos vices de réconfort. Toi tu es toujours à fond dans le sport ?

— Ce n'est pas la même chose que la cigarette.

— C'est aussi une forme d'addiction, tout comme cette petite chose ! affirma-t-elle en crachant sa fumée sur mon visage.

— La course à pied fait certainement moins de mal…

— Aux genoux si ! Et puis tu es fine comme un fil de fer, il faut me remplumer tout ça, c'est un ordre du docteur Mimi.

J'éclatai de rire et trinquai avec elle.

— Trêve de bavardage, raconte-moi ce qui s'est passé avec Jérémie.

Elle sortit une seconde cigarette de son paquet bien entamé et l'alluma avant de prendre une belle gorgée d'alcool.

— Ce connard m'a trompée avec sa soi-disant meilleure amie, de plus, dans notre lit.

La bouche ouverte j'avalai à mon tour le reste de liquide jaune de mon verre.

— Oh putain…. ce n'était qu'une fois ?

— Alors juste une fois, après plus de trois ans de relation j'aurais pu probablement passer l'éponge, mais ça faisait bien six mois que ça durait. De toute façon je ne la sentais pas cette fille. À chaque soirée elle était collée à lui, à le papouiller. Pourtant il me disait qu'elle était comme une sœur, mais elle semblait tout de même jalouse de notre relation. De plus, elle n'arrivait jamais à rester avec un mec plus de deux semaines puisqu'elle passait tout son temps avec le mien. Lorsque je les ai surpris en rentrant du collège, juste avant les vacances, ils m'ont dit que c'était la première fois. Mais j'ai ensuite mené mon enquête et les messages qu'ils s'envoyaient dans mon dos sur les réseaux ont révélé la supercherie. Franchement cette histoire m'a détruite. Donc, j'ai sauté sur l'occasion pour t'appeler et venir ici pour faire mon « deuil ».

Je lui servis un nouveau verre rempli à ras bord.

— Et toi alors avec ton fantôme, comment ça se passe ?

— Je ne sais pas trop quoi dire. Depuis la naissance de la petite et l'arrêt de mon travail, je sens de la distance entre nous. Il est accaparé par son boulot et on ne se fait plus de petits moments romantiques rien qu'à nous.

— Et ta belle famille ? Je suppose qu'elle ne t'aide pas trop.

— Je n'ai jamais été à l'aise avec eux. Et hors de question de leur laisser Capucine, j'en ai aucune envie. On les voit déjà assez comme ça, presque tous les seuls week-ends où Gustave est là, donc je préfère maintenir une certaine distance.

— En effet ! Situation pesante. Et si je peux être honnête, tout ce qui s'est passé depuis votre rencontre ne fait pas d'eux la belle famille idéale. Ils n'avaient en tête que l'ex fiancée de ton mari, qu'ils idolâtraient. Tu me disais même qu'ils te prenaient pour une arriviste et qu'ils s'étaient montrés réticents dès le début de votre histoire, alors que les parents n'ont pas à se mêler des affaires de leurs progénitures majeures. En plus, au moment de l'organisation de votre mariage, on aurait dit qu'ils ne supportaient pas l'idée que leur fils épouse la fille d'une institutrice et d'un mécanicien à la retraite. Je crois que tes parents se sont sentis humiliés face à l'imposant empire foncier Lonzac, et qu'ils se sont mis dans une position délicate en voulant participer financièrement à la même hauteur qu'eux.

— Je sais, je sais ! Pas besoin de me le rappeler. Je ne suis qu'une spectatrice depuis le départ. Et maintenant, je me sens étouffée de toute part, surtout par leur présence envahissante, ce qui m'a éloignée de mes parents. Ma mère en a beaucoup souffert et c'est de ma faute. C'est à cause de moi si elle a eu son infarctus et que mon père ne veut plus reprendre contact. C'est seulement par ton biais que j'ai de ses nouvelles. En plus, il ne m'a même pas dit pour son cancer. Et pour finir, je me sens assez seule ici. Même si j'ai la petite, je crois que je ne suis pas si heureuse que ça.

— Oh ma chérie ! Arrête de te flageller, tu n'es en aucun cas responsable, ça fait mille fois que je te le répète ! Et pourquoi ne reviendrais-tu pas ? Ça te permettrait de te rapprocher de ton père ! Ton mari qui a un bon travail, il peut rapidement retrouver un poste en Normandie ?

— Non c'est impossible, il veut rester dans cette maison de famille et puis il a une meilleure place qu'en Normandie. Ça serait inenvisageable. Dans chaque couple, il faut qu'il y en ait un qui se sacrifie.

— De toute façon, depuis le début de votre relation à cet Armada, je ne l'apprécie pas.

— Arrête ! Ne dis pas ça ! Cet évènement reste un des plus beaux de ma vie et j'en garde un merveilleux souvenir.

Armada 2013, Rouen

Ma collectivité avait organisé sur un des bateaux privatisés pour les fêtes d'entreprise, celle destinée aux personnels. Étant donné leur implication dans l'organisation de ces festivités, des partenaires avaient également été conviés. Parmi eux, Gustave, qui à l'époque ne travaillait pas encore dans le milieu pharmaceutique, mais se trouvait à la tête de la présidence du club de rugby local. L'équipe Rouennaise faisait grande impression depuis quelques années lors des championnats. Il dirigeait également en parallèle de cette activité, un certain nombre de laboratoires de recherches médicales, ce qui par la suite lui avait ouvert les portes des plus grosses sociétés pharmaceutiques du secteur.

Ce soir-là, ce fut le coup de foudre. Nos regards se croisèrent, lorsque j'essayai de me faufiler vers le bar situé en direction de la proue du bateau, et dès cet instant, mon cœur se mit à battre la chamade. Au cours de cette soirée, nous nous sommes échappés sur les quais de Seine où nous avons partagé beaucoup de verres de vin. Puis nous avons dansé, serrés l'un contre l'autre, ivres de tant de baisers volés.

Tout cela était parfait et me semblait si naturel, j'étais très heureuse. Toutefois, ce que je ne savais pas encore, c'est qu'il s'était engagé avec une autre femme et que leur couple battait déjà de l'aile, au moment où nous nous sommes rencontrés. Il ne savait plus trop où il en était. Il m'avoua tout dès la fin de notre première soirée. De ce fait, nous avions décidé de rester simplement amis ; car je ne voulais pas jouer les maîtresses ou être la raison de sa rupture. Au fil des jours, nous échangions des mails, des coups de fil, des sms, nous prenions des verres en terrasse, et nous partagions des déjeuners et dîners que l'on disait *professionnels. Mon cœur souffrait de plus en plus de cette situation sans espoir ni promesse de vie commune. Après plusieurs mois, alors que mes sentiments se renforçaient de jour en jour, je décidai de ne plus avoir de contact avec lui, car il m'était difficile de continuer à le voir s'il partageait sa vie avec une autre. L'annonce de cette rupture, lui fit prendre conscience qu'il n'était plus amoureux de sa fiancée et souhaitait n'être qu'avec moi. Bien entendu, cette décision précipitée avait heurté de plein fouet sa famille, alors qu'ils étaient tous occupés depuis plusieurs semaines aux préparatifs du mariage. De mon côté, la méfiance grandissante de mes parents vis-à-vis de cet homme et l'inquiétude qu'ils éprouvaient, ne faisaient qu'accentuer l'incertitude en ce début de relation compliquée.*

Finalement, avec le recul, ce souvenir résonnait plutôt en demi-teinte.

— Bref, arrêtons les sujets qui fâchent. As-tu un projet pour combler ton ennui ?

— En ce moment, j'ai juste mes recherches généalogiques.

Je restai évasive et ne lui mentionnai pas la lettre de ma mère, ne sachant pas si elle serait vraiment capable de garder le secret vis-à-vis de mon père.

— Ah oui c'est bien, en plus comme ça tu ne perds pas la main… l'archiviste.

— Ce n'est pas tout à fait le même métier ma chère.

— Oh je n'ai jamais vraiment compris ce que tu faisais, mais je t'imaginais bien en train de lire de vieux grimoires au fond d'une cave sordide.

— Là ça y ressemble plus ! dis-je en rigolant légèrement enivrée.

— J'ai commandé un kit pour faire un test ADN afin d'en savoir plus sur mes origines.

— Oh je voulais le faire moi aussi. Tu l'as reçu ?

— Oui ! Hier.

— Parfait ! Et il faut combien de temps pour avoir la réponse ?

— Je ne sais pas trop, ce n'est pas marqué sur l'emballage. Bon ! Ma poulette ! Ce que je te propose, c'est de déguster ma fameuse quiche à la provençale avant d'être complètement ivres.

— Tu as raison mon poussin, ça ne nous fera pas de mal.

Après une longue soirée bien arrosée, le réveil fut difficile. Capucine au taquet, réveillée à huit heures réglée comme une horloge, m'appela, sonnant le glas de cette courte nuit. Le sourire aux lèvres et les yeux plissés, elle me tendait ses doux bras potelés en chantonnant à mes oreilles, ce qui m'incita à lui donner rapidement son biberon.

Marina descendit nous rejoindre, lunettes de soleil vissées sur le bout du nez et cheveux en bataille.

— Oh ma vieille, ça se sent qu'on a plus vingt ans. Annonça-t-elle avec fatalité.

— Je ne te le fais pas dire. Ça fait bien longtemps que je n'avais pas bu autant. Café noir et serré ?

Elle acquiesça et s'installa à côté de Capucine, qui jouait avec des morceaux de brioche en les éparpillant sur toute la tablette de sa chaise haute.

— Alors ! Quel est le programme de la journée ? me demanda-t-elle en émergeant de son bol.

— Et bien tu as trois choix. Petit tour à la mer du côté de Fréjus. Il y a aussi le fameux festival médiéval de Brignoles qui s'est maintenu malgré le contexte sanitaire, ou dégustation de vin dans certaines caves du coin que l'on m'avait recommandées.

— La dégustation me tente beaucoup, mais probablement pas aujourd'hui vu la migraine que j'ai. L'idée du festival me plaît bien. Voir de beaux mâles en costume de chevaliers m'excite quelque peu.

Ma fille se mit à rire, comme si elle avait compris les propos de sa marraine.

— Elle m'éclate ta fille.

— Je sais ! Moi aussi.

— D'accord pour ce programme. J'en profiterai pour faire mon test génétique et le poster tout à l'heure.

— Ça se présente comment ?

— C'est comme le test PCR sauf que ton prélèvement se réalise à l'intérieur de la joue.

— Aussi simple que ça… je vais m'en commander un aussi à mon retour. Je vais voir si mes ancêtres sont bien des vikings ; car une bonne partie de ma famille est scandinave.

— Ah ! Je comprends mieux ce côté princesse guerrière.

— Tout à fait ! répondit-elle en montrant ses bras athlétiques et en embrassant un biceps.

— Je te jure… Aller ! Va te préparer.

Festival Médiéval de Brignoles

Le dédale d'exposants se présentait à nous dans l'artère centrale de la petite cité provençale. De la paille tapissait le sol tout au long d'un circuit tracé de guirlandes de fanions rappelant les décors de cirques ambulants, et illustrés des armoiries locales. Les commerçants, les enfants, et certains habitants se prêtaient au jeu et faisaient honneur aux festivités en se costumant. Des ateliers de fabrication d'hydromel, d'épée en bois ou de poterie animaient les lieux, agrémentés de jeux et de petits spectacles de rue pour les enfants. Les marchands de viandes, de spécialités médiévales ou de bijoux donnèrent de leurs voix pour attirer le client. Capucine étaient fascinée par ce nouvel univers qui s'offrait à elle et admirait de ses petits yeux émerveillés, les princesses et les chevaliers qui lui adressaient de beaux sourires.

Marina quant à elle, à peine arrivée sur les lieux s'était déjà amourachée d'un bel étalon qui semblait être responsable de la sécurité du site. Un beau et grand blond comme elle les aimait, vêtu d'une tenue de paysan modeste, mais laissant deviner une musculature non négligeable.

— Je ne regrette pas d'être venue. Lança-t-elle à mes oreilles comme la musique battait son plein.

Les troubadours faisaient leur show, contant les histoires de ce temps révolu à tous les coins de rue. La bière coulait à flot et les bonnes odeurs de plats mijotés éveillaient les estomacs.

Des masques à thème étaient aussi distribués gratuitement, comme leur usage était toujours obligatoire avec la présence recrudescente du virus qui partageait nos vies depuis plus d'un an.

— Tu veux aller déjeuner sur la place ? Normalement il y a un restaurant type auberge ancienne qui propose des plats spéciaux, mais très bons. Lui proposai-je en surveillant Capucine qui marchait en direction d'un enclos, où étaient parqués des porcins noirs adorables.

— Oui excellente idée, je vais en informer Rémy. C'est le *bodyguard* que j'ai dragué à l'entrée, histoire de lui proposer un verre. Si ça ne te dérange pas bien entendu…

— Pas du tout, au contraire si ça t'aide à passer à autre chose. Tiens d'ailleurs ça me fait penser que Gustave n'a pas répondu à mes messages de ce matin. Je vais l'appeler lorsque on rentrera, car avec toute cette musique on ne s'entend pas beaucoup.

Attablées dans la fameuse auberge à l'installation éphémère, nous savourions avec voracité le plateau dégustation constitué de tourtes, de bouillons, de pain et de mets sucrés caractéristiques de cette cuisine d'antan. Assise sur mes genoux, Capucine n'en perdit pas une miette, cette petite goinfre se régalait et en redemandait sous nos regards attendris.

— Rémy vient de m'envoyer un message, il est toujours de corvée de garde, il ne peut pas se libérer tout de suite. Je suis dégoûtée…

— Désolée ma puce, mais là Capucine est très fatiguée, je commence à avoir du mal à la canaliser.

— Je sais ne t'inquiète pas, j'ai déjà réussi à avoir son numéro, donc j'ai de quoi creuser un peu pour me faire une idée du pédigrée.

Après avoir posté mon test, nous décidâmes de reprendre la route du mas pour profiter d'une sieste bien méritée, bullant dans notre cocon calme et paisible. Ce n'est qu'en fin de journée que j'eus quelques nouvelles de mon mari qui daignait enfin m'appeler.

— Ma chérie tu vas bien ?

— Alors cette conférence ?

— Barbante ! Je rêve de me poser un peu et d'être auprès de vous. Est-ce que Marina est bien arrivée ?

— Oui ici ça va, mais tu nous manques.

— Quoi de neuf ?

— Ah oui, tiens j'ai décidé de reprendre mes recherches généalogiques et de faire un test génétique.

— Ah bon ? Mais tu ne m'as rien dit !

— Tu sais, je l'ai fait un peu sur un coup de tête et j'ai besoin d'un projet en ce moment… lui expliquai-je en gardant pour moi la vraie raison qui m'y avait poussée sans savoir vraiment pourquoi. Et sinon, tu rentres demain ?

— Alors j'ai des réunions qui se sont greffées entre temps sur Paris, je vais en profiter pour m'en débarrasser. Je ne rentrerai certainement que dans trois jours.

— Ce n'était pas prévu !

— Marina reste jusqu'à la fin de la semaine, donc vous pourrez continuer votre séjour filles.

— Ok, de toute façon tu n'as pas le choix je suppose.

— Ne me fais pas culpabiliser ma chérie. On a déjà eu cette discussion maintes fois. Bon, il faut que j'y aille, je vais déjeuner.

— À plus.

— Nora je t'aime tu sais.

— Oui moi aussi.

Je raccrochai contrariée, comme je l'étais de plus en plus souvent ces derniers temps.

3

Compatibilité

Le séjour de Marina touchait déjà presque à sa fin, nous laissant une dernière soirée pour célébrer ça dignement.

— Dépêche-toi Marina, la nounou va bientôt arriver. Tu te fais désirer ma vieille. Criai-je du bas de l'escalier principal, vêtue d'une robe cocktail bleu nuit très élégante, laissant entrevoir certains atouts que j'avais négligés depuis ma maternité.

— J'arrive ! Je cherche juste mes satanés escarpins à paillettes tueurs de pieds, que j'ai balancés au fond de mon immense valise en bordel. Encore deux minutes et je serai impeccable pour revoir mon bel étalon.

— Au fait, à quel moment de la soirée doit-il nous rejoindre ton Rémy ?

— Je ne sais pas, je voulais voir ça avec toi, car je sais que c'est une soirée filles. Du coup, je pensai que ce serait plutôt après le dîner. Et il m'a parlé d'un bar très sympa à Toulon qui se trouve à côté de la plage du Mourillon, le *Corsaire* je crois.

— Comme tu veux, le restaurant est réservé pour vingt-et-une heures trente, on a le temps d'aller boire un verre avant au *Sablier*, l'endroit dont je t'ai parlé. C'est un ami de Gustave qui en est propriétaire du coup je sais qu'on aura une bonne table. Et leurs cocktails sont à tomber. Donc tu peux le convier si ça te fait plaisir.

— Oh merci ma puce ! Je lui envoie un message tout de suite. Heureusement qu'on y va en *uber,* car je pense qu'on ne rentrera pas très sobre. S'exclama Marina en dévalant les marches du haut de ses talons.

— Ouah ! Tu es belle à tomber, il va craquer c'est sûr. À mon avis, tu ne vas pas rentrer avec moi cette nuit ! dis-je en lui faisant un clin d'œil.

— Toi, pour une femme mariée, tu es vraiment pas mal non plus, ton mari devrait faire attention, j'espère qu'il est conscient de la chance qu'il a d'avoir une femme aussi belle.

— Arrête je vais rougir !

— Tu m'en voudrais si je terminais la soirée avec Rémy ? Je te dis ça au cas où.

— Mais non… tu es majeure ! Enfin avant que ça arrive, promets-moi d'effectuer une analyse approfondie de sa personnalité, histoire de vérifier que ce n'est pas un *serial killer* ou un nécrophile…

Marina fit la grimace avant d'éclater de rire.

— Oui maman ! En parlant de ça, je crois que je vois la nounou arriver.

Mathilde, la jeune fille de l'assistante maternelle qui s'occupe de Capucine à la crèche sonna à la porte d'entrée.

— Comment es-tu venue ?

— Mon père m'a déposée au portail, parce que je n'ai pas encore le permis de conduire.

— D'accord, et bien entre je t'en prie !

La jeune fille ressemblait quelque peu au stéréotype de première de la classe. Lunettes rondes vissées sur le bout d'un petit nez retroussé, cheveux bruns attachés en chignon, cicatrices d'acné apparentes, chemisier bien repassé et pantacourt coordonné. Elle faisait bonne impression et pour couronner le tout, elle tenait dans ses mains un roman classique : *Les Misérables* de Victor Hugo, ce qui allait pouvoir l'occuper une bonne partie de la soirée.

— Je vous remercie Madame de m'avoir offert cette opportunité, vous pouvez me faire confiance. J'ai de l'expérience avec les enfants de tous âges.

— Tu peux m'appeler Nora ! Ne t'inquiète pas, ta mère m'a déjà fait ton éloge. Capucine est dans son parc dans le salon, elle vient de dîner, elle se couche vers dix-neuf heures trente. Notre *uber* doit arriver dans quelques minutes, donc je te fais vite le tour du propriétaire pour te montrer la cuisine, et le frigo dans lequel tu peux te servir, la télé et aussi la chambre d'ami, car je ne sais pas à quelle heure nous allons rentrer ; mais je te préviendrai. Si ça dépasse une heure raisonnable, je te raccompagnerai demain matin chez toi pour ne pas embêter tes parents.

— Pas de soucis, dans mon sac à dos j'ai tout ce qu'il faut, pyjama, brosse à dents, et mon livre pour m'occuper. Je ne suis pas trop télévision.

Marina releva un sourcil et me lança son fameux regard qui en disait long. Je lisais dans ses pensées…

Ne serait-ce pas une psychopathe ?

J'observai la prise de contact entre ma fille et Mathilde, ce qui effaça mes doutes en une fraction de seconde. Cette jeune demoiselle semblait plutôt être une *Mary Poppins* qu'une psychopathe.

— Votre fille est adorable, je pense que nous allons bien nous entendre ! ajouta-t-elle en la prenant dans ses bras.

— Oui je vois ça !

— Je vous informerai lorsqu'elle sera endormie et tout au long de la soirée. Partez sans crainte.

— Très bien, c'est parfait ! Je vous souhaite une bonne soirée !

J'embrassai ma fille avec une légère culpabilité, avant de suivre Marina qui m'informa que notre taxi était avancé.

— Arrête de regarder ton portable toutes les minutes, ta fille va bien ! rouspéta Marina en me le confisquant.

— Mais euh ! Et toi alors tu peux parler !

— Je vérifie simplement si Rémy a essayé de m'appeler, car avec tout ce monde il va devoir nous chercher.

Malo, l'ami de mon mari vint nous saluer en nous apportant deux cocktails de bienvenue bien corsés.

— Comment vas-tu ma belle ? Tu es splendide ! J'en profiterai bien étant donné que ton mari n'est pas dans le coin ! me lança-t-il avec son fameux sourire séducteur.

Malo avait la quarantaine, le teint halé, les cheveux bruns courts et légèrement grisonnants, les yeux ébènes et le corps athlétique recouvert de tatouages. Il avait l'habitude de ne laisser aucune femme indifférente et surtout son actuelle qui avait à peine vingt-cinq ans. Une beauté des Fidji, qu'il avait rencontrée l'été dernier lors de ses vacances avec une de ses nombreuses ex.

— Je suis flattée mon cher, mais même si Gustave n'est pas dans le coin, je n'en reste pas moins une femme de principe. Je resterai fidèle.

Malo mima une flèche qui transperça son cœur, avant de faire une révérence respectueuse.

— Soit, mais tu sais où me trouver dans le cas contraire ! Bonne dégustation Mesdemoiselles, cadeau de la maison.

— Il est trop sexy pour un *barman* d'une certaine « maturité » si je puis dire ! s'esclaffa Marina en sirotant son nectar.

— Je te l'accorde il est pas mal… mais c'est un dragueur invétéré et il me fait toujours la cour de cette manière pour embêter Gustave. Répondis-je déjà légèrement étourdie par les premières gorgées d'alcool.

Tout à coup, Marina sursauta.

— Il y a un truc qui a vibré sous mon postérieur.

En se levant du fauteuil en rotin tressé style balinais sur lequel elle était installée, elle s'aperçut qu'elle était assise sur mon portable.

— Oh zut, j'avais oublié de te le rendre, je crois que tu as un message de *Mary Poppins*.

En me le tendant, je remarquai sur l'écran d'accueil deux nouveaux messages. Et en le déverrouillant je constatai effectivement que j'avais un sms de Mathilde me disant que tout allait bien et que Capucine dormait à poings fermés. Puis l'autre message était, en fait, une notification provenant du site *Mes Racines*, m'informant que l'analyse de l'échantillon avait été réalisée avec succès et que la synthèse était disponible sur mon compte ; puis qu'il y avait des correspondances ADN avec d'autres profils.

— Alors c'est bon, tout va bien ? m'interrogea Marina en reposant son verre vide.

— Oui mais je suis étonnée, car j'ai déjà reçu les résultats de mon test ADN.

— Génial ! Pour une fois que c'est dans ce sens-là, tu ne vas pas te plaindre. Ah enfin ! cria ma copilote en se levant de son siège.

Je vis arriver l'armoire à glace, Rémy, vêtu d'un t-shirt vintage du groupe *Metallica*[2] et d'un jean déchiré bleu ciel qui mettait en valeur sa silhouette sportive.

---

[2] Groupe américain de heavy métal formé en 1981.

Marina lui sauta au cou, et lui retira son masque pour l'embrasser fougueusement, ce qui étonna quelque peu le jeune homme qui en tomba presque à la renverse.

— Bonsoir ! Je suppose que tu es le fameux Rémy ? Reprends ton souffle ! lançai-je gênée.

— Eh bien oui c'est moi ! Désolé, je suis un peu surpris… mais ça ne me dérange pas d'avoir ce genre d'accueil. Toi tu es certainement Nora, sa meilleure amie ?

— Gagné !

Marina était accrochée à son bras comme une moule à son rocher, les yeux brillants et l'air extasié. J'étais heureuse de la voir comme ça, elle irradiait de bonheur.

— Je suis venu avec des potes ce soir ! Rémy fit un signe au loin pour indiquer sa position à deux autres jeunes hommes qui se faufilèrent vers nous. Ils étaient bâtis de la même façon et lorsqu'ils retirèrent leurs masques, je fus étonnée de voir qu'ils étaient aussi beaux que Rémy.

— Vous êtes tous mannequins ou joueurs de rugby ? dit Marina qui ne semblait plus savoir où donner de la tête.

— Matthieu, Julien et moi faisons partie de l'unité d'instruction et d'intervention de la sécurité civile. Notre base se situe à côté de Brignoles.

— Ah oui je comprends mieux, et c'est vous qui êtes responsables de la gestion du centre de vaccination ? demandai-je intriguée.

— Exact ! On est sur ce terrain-là aussi.

— Allez, installez-vous avec nous autour de la table, *shooters* pour tout le monde ! Je vais aller les commander. Informa Marina.

— Pas trop non plus, on est d'astreinte cette nuit ! répondit Julien en ôtant son masque.

— Oui ce qui veut dire qu'on ne partira pas trop tard. Ajouta Mathieu qui se démasqua à son tour.

Marina, moue boudeuse lâcha la main de Rémy.

— Mais déjà qu'on a qu'une seule soirée, je suis trop dégoutée.

— Je sais, mais l'important c'est de profiter de l'instant présent.

— J'ai réservé dans un restaurant après, voulez-vous vous joindre à nous ? Si vous n'avez pas d'autres plans, bien entendu !

Marina me marmonna discrètement un merci et raviva son sourire.

— Ça vous va les gars ?

Mathieu et Julien acceptèrent avec enthousiasme ce qui détendit l'atmosphère et lança la soirée.

— Je vais rappeler le restaurant pour les informer du petit changement et je reviens ! dis-je avant de sortir du bar pour m'isoler et passer mon coup de fil.

Au moment de rappeler le restaurant, le nom de mon mari s'afficha sur mon portable. J'hésitai à décrocher, car je lui faisais toujours un peu la tête au sujet de ses absences répétées ; mais je finis par céder.

— Allo ?

— Comment vas-tu ma chérie ?

— Ça va. Et toi ?

— Où es-tu ? Car je ne t'entends pas très bien !

— Je suis sortie avec Marina. On est à Toulon dans le bar de Malo.

— Ah d'accord ! Faites attention à ne pas vous faire draguer, surtout par Malo. Et qui garde Capucine ?

— Ne t'inquiète pas j'ai tout prévu ! Capucine est entre de bonnes mains, avec la fille de l'assistante maternelle qui s'occupe d'elle à la crèche. Et toi ça va ?

— Parfait ! Oui de mon côté ça va, plus que quelques jours avant de vous retrouver, vous me manquez…

— Toi aussi tu nous manques !

Soudain, une main posée sur mon épaule me fit sursauter, c'était Mathieu.

— Nora ça va ? Marina m'a envoyé en éclaireur pour voir si tu t'en sortais avec cette réservation. Oh ! Désolé je n'ai pas vu que tu étais encore au téléphone.

— Qui est-ce ? demanda Gustave sur un ton suspicieux.

— Ce n'est rien ! On passe aussi la soirée avec des amis. Enfin, ce sont plutôt les amis du nouveau copain de Marina.

— Tu te fous de ma gueule ? Pourquoi tu ne me l'as pas dit ? D'ailleurs je suis sûr que tu ne l'aurais jamais fait au final. Tu veux te venger de mon manque de disponibilité ?

— C'est pas du tout ça, je te garantis que je ne fais rien de mal. C'est juste une sortie avec des gars qu'on connait depuis quelques minutes.

— Encore mieux… tu ébranles ma confiance, et en plus tu cherches toujours à me faire culpabiliser.

— Pourquoi réagis-tu comme ça ? C'est n'importe quoi… je fais ce que je veux je te signale. Et je ne sors pas pour chercher à te tromper ou me venger, tu exagères.

— Laisse tomber et profite bien de ta soirée...

— Oui c'est ça ! *Tchao* !

Je raccrochai exaspérée par la scène qu'il venait de me faire.

— Est-ce que ça va ? Excuse-moi, je ne voulais pas être indiscret. Dit Mathieu mal à l'aise.

— Non ! Rien ! Ce n'est pas grave. Les relations sont parfois compliquées.

— À qui le dis-tu ! Je pourrais m'épancher aussi. Surtout avec mon job qui me prend tout mon temps et avec les relations instables que j'ai eues. Je devrais certainement écrire un roman ou peut-être suivre une thérapie.

Mathieu… ce charmant jeune homme brun coiffé en brosse bien dessinée, portait une barbe de trois jours, et m'observa avec compassion de ses grands yeux verts hypnotiques, ce qui calma légèrement le volcan qui était en éruption au fond de moi.

— Merci pour ton empathie. Du coup il ne faut pas que je perde le fil, je vais rappeler le restaurant et j'arrive.

— Très bien ! À tout de suite.

En rejoignant les autres, Marina accourut vers moi, deux coupes de champagne à la main.

— Alors ma biche c'est bon ? Tu as mis du temps, est-ce que ça va ?

J'appréciai la discrétion de Mathieu qui ne semblait pas avoir abordé le sujet avec elle.

— Oui c'est bon pour la reservation.

— Super ! Je suis trop fan de Rémy, il est trop canon et trop gentil et trop… trop !

— Heureuse pour toi ma puce ! C'est vrai qu'il semble adorable.

— Ah oui et je voulais te dire quelque chose avant qu'on parte… je sais que tu es une femme sage et surtout mariée, mais tu as tapé dans l'œil de Mathieu !

Étonnée, je regardais furtivement Mathieu et me rendit compte qu'il ne me quittait pas des yeux.

— Oh je vois… mais même si tout n'est pas au beau fixe en ce moment avec Monsieur, je ne laisserai pas ce jeune homme se faire des idées à mon sujet. D'ailleurs, il doit avoir tout juste vingt ans.

— Alors deux choses : *uno* : il n'a pas vingt ans, mais notre âge… chérie. Et *dos* : tu ne peux pas nier que c'est une gravure de mode bien bâtie.

J'éclatai de rire.

— Il a notre âge ? Tu rigoles ?

— Il m'a montré sa carte d'identité et je te confirme qu'il a de très bons gènes. Allez ! Bois cette coupe ! On oublie tout ce soir et comme le dit mon apollon, il faut profiter de l'instant présent.

Sur ces mots, nous trinquions à nous avant de vider nos coupes d'une traite et de rejoindre notre table.

Le lendemain, je m'éveillai avec la sensation que ma tête ne tenait plus sur mes épaules. J'avais l'esprit embrumé et les yeux dans le vague.

Oh mais qu'est-ce qui s'est passé ? Où suis-je ?

Je fus soudain prise de panique. En une fraction de seconde, je soulevai la couette qui me recouvrait et constatais rassurée que j'étais restée habillée de ma robe et que surtout, je portais toujours mes sous-vêtements. À côté de moi, Marina se trouvait dans le même état, les cheveux en bataille et le mascara collé au bord des yeux.

— Ouah ! Je me sens comme si j'étais passée dans une lessiveuse. Mais qu'est-ce qu'on a foutu ? dit-elle d'un ton rocailleux.

— Je me le demande aussi !

Je scrutai la pièce autour de nous. Dans la pénombre, je discernai des posters de groupes de rocks placardés sur tous les murs de la chambre. Un store partiellement fermé, laissait filtrer un peu de lumière ce qui indiquait que le jour s'était levé. Mais impossible de savoir depuis combien de temps.

— On est où bordel ? m'interrogea Marina, le visage entre les mains.

Un *toc toc* nous fit sursauter.

— Ça va les filles, je peux entrer ? Vous êtes décentes ? nous questionna une voix masculine.

Dans l'entrebâillement de la porte, se dessina le visage de Rémy, légèrement marqué par la fatigue.

— Qu'est-ce qu'on fait ici ? lui demandai-je encore désorientée.

— Étant donné votre état et la tête peu rassurante de votre chauffeur *uber*, on a préféré vous déposer chez moi avant notre astreinte. Je viens juste de rentrer.

— Quelle heure est-il ?

— Dix heures !

En prenant ma pochette que je finis par retrouver au pied du lit, j'allumai mon portable et vis les nombreux appels en absence de Mathilde, ainsi qu'un sms provenant d'un numéro inconnu.

— Mince, il faut qu'on rentre tout de suite ! dis-je en me levant.

— Je vous ramène si vous voulez ! proposa Rémy en nous tendant à chacune une tasse de café après avoir embrassé Marina sur le front.

— Oui merci beaucoup !

Dès mon arrivée au mas, je me précipitai à l'intérieur et constatai rassurée que Mathilde nous attendait sagement avec Capucine, qui était en train de jouer dans le salon. Tandis que Marina faisait ses adieux à Rémy.

— Je suis vraiment désolée de ne pas t'avoir prévenue qu'on n'allait pas rentrer de la nuit.

— Je m'en suis doutée, mais comme vous ne répondiez pas à mes appels, j'ai eu peur qu'il vous soit arrivé quelque chose.

— Vraiment je suis navrée.

Je farfouillai dans ma pochette et je lui tendis un billet de cinquante euros.

— Voici un supplément, pour te remercier.

— Oh de rien ! Je vais appeler mes parents pour qu'ils viennent me chercher si vous préférez ! dit-elle en nous dévisageant.

— Oui cela vaudrait mieux ! ajouta Marina avant de disparaître dans la salle d'eau du rez-de-chaussée.

— En attendant, je vais rapidement me doucher avant qu'ils arrivent si ça ne te dérange pas.

— Non pas de soucis, je reste avec la petite.

Après cette journée hasardeuse et le départ précipité de Marina qui ne voulait pas rater son train, je terminai ma journée lessivée essayant de me remémorer cette soirée. Gustave ne m'avait pas recontactée depuis la veille, ce qui n'était pas plus mal, mais en regardant mon portable je me rendis compte que je n'avais pas lu tous mes messages. Un sms d'un numéro inconnu m'interpella.

Bonjour Nora,
J'espère que ton réveil n'est pas trop difficile, je suppose que tu auras l'esprit quelque peu embrouillé, mais je tiens à te dire que j'ai passé une excellente soirée et j'ai aimé être ton confident… et je veux te rassurer, même si tu ne me laisses pas indifférent, il ne s'est rien passé entre nous hier soir. Je suis un gentleman, mais si un jour tu retrouves ta liberté n'hésite pas à me faire signe. ;)

PS : Voici quelques photos qui pourront t'aider à te souvenir de la soirée !
Mathieu

En les parcourant, je fus soulagée car il n'y avait rien de compromettant, mais la quantité de bouteilles bues au restaurant et dans un autre bar, expliquait notre état.

Je rédigeai une réponse laconique et platonique à Mathieu pour éviter toute ambiguïté, avant de passer à l'autre sujet qui me revint soudainement en tête : la notification reçue du site *Mes Racines*.

En me connectant sur la plateforme, je fus stupéfaite de découvrir un message provenant du profil compatible au mien. Avant de le lire, je découvris la cartographie de répartition de mes origines génétiques, provenant pour la plupart d'Europe et plus précisément d'Europe centrale à 85% et à 15% anglo-saxonne, certainement en raison de mes origines normandes et italiennes. J'avais ensuite accès à une liste de correspondance dans laquelle il était répertorié des cousins partageant un certain pourcentage de gènes communs. Une vingtaine de résultats étaient mentionnés, dont un pour lequel le taux de compatibilité était très élevé. Sur certains profils, on pouvait consulter l'arbre généalogique, cependant il était inaccessible sur le plus compatible. Le nom mentionné ne me disait rien du tout, mais avait une résonnance savoyarde prononcée : Chappaz.

Message d'Églantine CHAPPAZ - 9h30 – 17/07/2021 :

Chère Madame DEVILLET,

Je me permets de vous contacter suite à la notification de concordance entre nos profils. Je suis impressionnée par le taux élevé qui est indiqué et par conséquent très intriguée de ce résultat. Votre nom de famille n'est toutefois pas révélateur de notre affiliation dans mon arbre généalogique.
Serions-nous de proches cousines ?
Si vous êtes intéressée pour engager la conversation et comprendre le pourquoi de ce taux, je suis à votre disposition.
Bien cordialement,
Églantine Chappaz

Ma réponse ne se fit pas attendre, même si mes yeux commençaient à se fermer.

Message de Nora DEVILLET - 22h12 – 17/07/2021 :

Chère Madame CHAPPAZ,
Je suis très heureuse de cette prise de contact, et comme vous, je suis très curieuse de comprendre l'origine de ce résultat.
L'explication n'est en effet pas évidente, car pour ma part suite à mes recherches effectuées du côté de ma mère et de mon père je ne trouve pas non plus de noms similaires. Mais, le point commun évident serait probablement la région d'origine de ma branche paternelle.
Votre nom sonne savoyard, est-ce que je me trompe ?
Peut-être que ce point serait un début d'explication…
De plus, je suis surtout dans l'impasse de ce côté de ma famille.
Bien à vous,

Voilà ! La lecture à peine terminée, je sombrai alors dans un profond sommeil, qui avec un peu de chance me permettrait d'oublier les péripéties de ces dernières vingt-quatre heures.

4

Une bouteille à la mer

À mon réveil, je vis un nouveau message de cette Églantine Chappaz.

Message d'Églantine CHAPPAZ – 23h45 – 17/07/2021 :

Chère Madame DEVILLET,
Effectivement j'habite en Haute-Savoie, ainsi que plusieurs générations de ma famille, aussi bien du côté maternel que paternel. Ce qui (vous avez raison) est un point intéressant à creuser.
Que sous-entendez-vous si ce n'est pas trop indiscret, par « être dans l'impasse » ?
Avez-vous réalisé des recherches généalogiques approfondies ?
Je serai ravie en tout cas de vous aider…
Très cordialement,
Églantine C.

Message de Nora DEVILLET – 8h15 – 18/07/2021 :

Chère Églantine,
Nous avons bien une concordance je suppose du côté de mon arrière-grand-père Henri Joseph DEVILLET, qui est né dans le canton d'Albertville et plus précisément à Allondaz. Il y a vécu toute sa vie, ainsi que mon grand-père.
Mais malheureusement, je n'ai pas réussi à retrouver son acte de naissance ni le nom de ses parents. Pourtant mon

père ne m'a jamais dit qu'il était orphelin. Étant aussi archiviste, j'ai pu ainsi fouiller toutes les pistes possibles. Il ne me restait justement que le test génétique, pour espérer ouvrir d'autres portes.

Je n'ai pu obtenir qu'un semblant de réponses uniquement par le biais des registres matricules...

Il était garçon de bureau, et a été réformé au cours de la première guerre mondiale en raison d'une grave blessure. Dans mon souvenir, mais j'étais très jeune, il me semble que mon grand-père avait simplement évoqué la profession de la mère d'Henri. Elle aurait été femme de chambre. Mais cela ne reste qu'un témoignage non probant.

Et de votre côté, que faisait votre famille ?

Je vous souhaite une belle journée,

Nora

Message d'Églantine CHAPPAZ – 10h15 – 18/07/2021 :

Chère Nora,

Je vois qu'en tant qu'archiviste vous n'êtes pas novice en matière de généalogie.

Ce que vous me dites est très intéressant, car bien que le nom ne corresponde pas, je suis à la recherche d'une personne disparue qui portait le prénom de Joseph. Cette personne serait née en 1898 dans le même canton.

Avez-vous sa date de naissance exacte malgré vos lacunes ?

De mon côté, mes parents et mes arrières grands-parents ont toujours vécu dans cette région, et ont occupé des postes assez divers de gardiennage auprès de certaines familles à la frontière de la principauté d'Alpini, je ne sais pas si vous connaissez ?

Il m'a donc été facile de remonter assez loin dans ma lignée. Néanmoins, du côté de ma mère dont le nom de jeune fille était SCALVENZI, des rumeurs mentionnaient un neveu disparu avant la guerre.

Auriez-vous un portrait de ce fameux Henri ?

Je vous souhaite également une agréable journée,

Églantine

Message de Nora DEVILLET – 18h22 – 18/07/2021 :

Chère Églantine,

Le nom SCALVENZI ne me dit rien non plus, puisque hormis ce que je vous ai confié, je n'en sais pas davantage.

Je suis navrée pour cette disparition et je comprends votre souhait de retrouver les traces de ce neveu et de sa potentielle descendance.

Je connais simplement la principauté d'Alpini par le biais de la presse people, je n'ai jamais eu l'occasion d'y aller. Concernant la date de naissance présumée d'Henry, puisqu'il y a un astérisque juste à côté de cette mention et également à côté d'Allondaz, elle serait le 7 octobre 1898. Je n'ai malheureusement pas en ma possession de portrait d'Henri. Cependant, la majorité de nos archives de famille ont été récupérées par mon père.... Si un jour j'ai l'occasion, je regarderai.

Bien à vous,

Nora

Message d'Églantine CHAPPAZ – 19h37 – 18/07/2021 :

Nora,

Il semblerait que cette date concorde, mais ne serait-ce pas une coïncidence ?

Si vous pouviez obtenir rapidement le portrait de votre arrière-grand-père, cela nous permettrait peut-être d'avancer.

Belle soirée,

Églantine

En relisant ce dernier message une angoisse m'envahit soudainement, celle de devoir reprendre contact avec mon père. Toutefois, peut-être qu'au final ce sujet pouvait être la clé pour débloquer la situation et nous obliger à aller de l'avant. Ma mère avait peut-être raison. Je ravalai ma fierté, pris mon courage à deux mains et décidai de nouveau d'écrire à mon père ; telle une bouteille lancée au cœur d'une mer de rancunes déchaînée, j'espérai ainsi ne plus avoir de message sans réponse.

Lorsque Gustave rentra de voyage le mercredi d'après, les tensions étaient toujours palpables, il ne m'avait pas pardonné mon escapade avec Marina, et jouait les farouches. Je puisai donc dans mes dernières forces pour assainir la situation et retrouver un semblant de relation amoureuse. Je pris la décision de faire garder Capucine le week-end suivant, et de lui organiser un dîner romantique surprise.

— Où est Capucine ? me demanda Gustave lorsque je franchis la porte de son bureau.

— Ce soir elle dort chez la nounou. Tu sais Mathilde… je t'en avais déjà parlé !

— Ah oui ? dit-il étonné.

Je m'approchai de lui, vêtue d'une jupe très courte, qui exhibait mes jambes nues et bronzées, ce qui l'incita à lever le nez de son écran d'ordinateur.

— Et pourquoi cette tenue ?

Je repoussai sa chaise à roulettes pour m'installer à califourchon sur lui, et l'embrassai fougueusement.

— C'est une forme d'intervention… ajoutai-je, lorsque je détachai mes lèvres humides de sa bouche encore légèrement crispée.

— Hmmmm c'est intéressant. J'approuve ce genre d'initiative.

— Je t'ai aussi organisé un repas de réconciliation.

Mon mari resta interloqué quelques instants, ses mains toujours posées en bas de mon dos, puis s'avança vers mon visage.

— Tu es une femme formidable, et j'apprécie ta démarche. Je vais devoir également me faire pardonner pour ce que je t'ai dit au téléphone. Acceptes-tu un paiement en nature ?

Sur ces mots, Gustave referma son ordinateur portable qu'il repoussa sur le côté, puis me souleva et m'allongea sur son bureau renversant tout ce qui s'y trouvait. Il déboutonna ensuite soigneusement mon chemisier ivoire, puis m'embrassa le cou et la poitrine, avant d'enlever mon soutien-gorge en dentelle blanche. Soulevant ma jupe en soie beige, il approcha ses mains de mon sexe humide d'excitation, il ôta mon tanga coordonné et me pénétra avec sa langue, ce qui m'arracha des gémissements de plaisir. Il y ajouta ses doigts agiles et de ses va-et-vient maîtrisés arriva à me procurer un orgasme si intense, qu'il me rappela les débuts de notre relation. Sexuel, sauvage, passionné et fusionnel. Je ne voulais pas qu'il arrête et j'en demandais plus, telle une junkie en manque. Après cet instant d'extase, il me retourna précipitamment et enleva le reste de mes vêtements, puis il retira son pantalon pour me pénétrer avec fougue, jusqu'à ce que nos deux corps fiévreux et moites soient en osmose complète et succombent d'épuisement.

Ce moment avait ravivé en nous la flamme qui s'était peu à peu éteinte.

Nos yeux coquins se cherchèrent durant tout le dîner, les caresses et la tendresse avaient remplacé la distance et les regards fuyants qui étaient notre quotidien depuis un bon bout de temps.

— Ton repas est un délice ma chérie, je suis définitivement conquis !

— J'espère bien Monsieur Lonzac ! Et vous n'avez pas vu la suite !

— J'en salive d'avance, si tu vois ce que je veux dire.

— Vous n'êtes qu'un polisson Monsieur Lonzac !

— Et toi une gourgandine que j'aimerais de nouveau corriger…

— Calmez vos ardeurs mon cher, et laissez-moi vous apporter mon dessert.

En allant dans la cuisine pour récupérer mon fameux *cheesecake* aux spéculos, je vis que l'écran de mon portable clignotait m'informant de l'arrivée d'un nouveau sms. En le déverrouillant, je fus comme paralysée. C'était mon père.

Je te remercie pour ce message inattendu et je comprends tes questionnements. Je ne sais pas si je peux t'aider, car je n'ai pas remis le nez dans mes vieux cartons de famille depuis des lustres. Si tu as l'occasion de revenir dans le coin d'ici peu, avec cette merveilleuse petite fille que je

n'ai pas encore rencontré, cela me ferait plaisir. Je sais que notre relation n'est pas parfaite, mais il n'est jamais trop tard pour se rendre compte de ses erreurs.
Papa

Toujours sidérée, je relus plusieurs fois le message pour être sûre de bien en comprendre le sens.

— Nora, il vient ce dessert ? s'esclaffa Gustave en me rejoignant.

— Oui, excuse-moi ça arrive.

— Chérie ça va ? Tu fais une de ces têtes !

J'expliquais à Gustave les échanges avec Églantine et ce qui m'avait poussée à reprendre contact avec mon père, en éludant toutefois la lettre de ma mère.

— Tu dois y aller !

— Tu crois ?

— Oui c'est essentiel, surtout avec l'évolution de sa maladie. Il te tend une perche, donc saisis-la. Ainsi, Capucine rencontrera enfin son grand-père.

— Tu as raison, je n'aurais même pas dû me poser la question. Ça te dérangerait si je partais la semaine prochaine ? Le plus vite serait le mieux et on ne sait jamais s'il changeait d'avis, ou si son état se dégradait.

— Il ne changera pas d'avis ne t'inquiète pas. Me rassura Gustave en m'enlaçant tendrement.

— Merci !

— Alors prépare tes bagages et surtout une parka pour affronter la grisaille.

Je répondis à mon père dans la foulée et l'informai de notre venue, avant de terminer la soirée en beauté avec mon mari.

5

Normandie

Houlbec-Cocherel, Eure

— Papa, je peux les porter toute seule ces cartons. Je vais me débrouiller, alors descends de là et reviens parmi nous. Ordonnai-je du haut de l'échelle qui menait au grenier.

— Oui j'arrive ! Je te signale que je ne suis pas impotent non plus, j'ai juste un cancer. Me répondit-il en crachant ses poumons.

— Arrête papa, tu es fatigué, donc tu dois te reposer le plus possible. Allez c'est bon, je vais m'en charger.

— Tiens ! J'ai trouvé le bon carton avec les affaires de ton grand-père, et il doit y avoir quelques babioles concernant ton arrière-grand-père aussi. Ajouta-t-il en me tendant l'énorme contenant.

Une fois de retour dans le salon typique de la chaumière de mon enfance, je déposais mes trouvailles sur l'immense table en chêne massif, qui faisait face à une imposante cheminée en briques traditionnelles.

— Capucine dort toujours ? demanda mon père, qui s'installa sur le vieux canapé en cuir brun défraîchi qui se trouvait juste derrière moi.

— Oui, le voyage d'hier l'a épuisée et c'est tant mieux. Répondis-je en vérifiant le *babyphone*.

Je sortis du carton dans un premier temps, quelques albums photos plutôt récents. Ensuite, le certificat d'aptitude professionnelle d'ébénisterie qui avait été délivré à mon grand-père. Puis, deux vieilles cartes d'identités, qui avaient appartenu à mon grand-père et ma

49

grand-mère paternelle. Et tout au fond, en dessous d'une pile de paperasse en vrac et de bouts de tissus, une photographie en noir et blanc et en pied, d'un homme portant l'uniforme militaire.

— Papa, est-ce que c'est lui ?

— Bingo ! C'est bien Henri. Il porte l'uniforme des chasseurs à pied. En général ce type de soldat était vêtu d'une tunique bleu foncé, col et pattes de manches bleu foncé, avec les insignes ou les numéros argent ; des boutons argent demi-bombés, cor, galons et épaulettes argent. Un pantalon gris vert foncé, passepoil jonquille. Sur le képi, tu vois, il y a un bandeau de velours noir, le calot est bleu foncé ainsi que le ceinturon, garni de plaques argent.

J'observai mon père bouche bée, scotchée par ce qu'il venait de me dire.

— Bah quoi ! J'ai beaucoup de temps libre et j'aime bien lire des romans historiques. Surtout lorsque ça traite de la première et la seconde guerre mondiale.

— Je suis impressionnée.

— Tant mieux ma chérie !

En regardant en dessous d'un bout d'étoffe bleu nuit ressemblant à l'uniforme d'Henri et à la description que mon père en a faite, un petit insigne argenté était accroché dessus. Celui-ci représentait un cor de chasse portant sur le pavillon le chiffre « 12 », avec au centre, un aigle s'apprêtant à prendre son envol.

— Ce que tu as entre les mains, c'est le fameux badge réglementaire des chasseurs à pied du douzième bataillon.

— Eh bien j'ai ce qu'il me faut.

— Je suis content pour toi.

Je regardai avec tendresse mon père, marqué malheureusement par la maladie. Ce qui soudain déclencha en moi un flot de larmes ininterrompues.

— Qu'est-ce qu'il y a Nora ? Pourquoi pleures-tu ?

Mais ma gorge était si nouée, que les mots ne sortaient pas de ma bouche.

— Je crois comprendre… ma chérie, tu sais je m'en veux pour tout ce qui s'est passé depuis ces cinq dernières années. À la mort de ta mère, je n'aurais jamais dû me renfermer ou me couper de toi. Te voir ici devant moi avec Capucine, c'est ce qui me rend le plus heureux. Je n'avais pas ressenti ça depuis très longtemps.

Je m'approchai de lui, telle une petite fille en demande de câlins et enlaçai mon père de toutes mes forces. Il m'avait tellement manqué, et l'imaginer seul et vulnérable dans cette grande maison, me brisait le cœur.

— Je t'aime tu sais… lui chuchotai-je à l'oreille en retrouvant enfin la parole.

— Moi aussi, et ça n'a jamais changé. Ce qui me ferait plaisir maintenant, c'est qu'on ne parle plus du passé, mais qu'on aille de l'avant. Enfin pour le peu de temps qu'il me reste.

— Papa ! Ne dis pas ça.

— Il ne faut pas se voiler la face et profiter l'un de l'autre. D'accord ?

J'acquiesçai et je le serrai de nouveau dans mes bras.

— Bon, voilà. On a crevé l'abcès.

Songeuse, j'essayai de changer de sujet pour éloigner cette vision de la faucheuse qui allait bientôt s'en prendre à mon père.

— Je sais qu'on ne doit plus aborder le passé, mais est-ce que tu te souviens de choses concernant Henri ?

— Là à froid, tu vas être peinée ma fille, mais je n'ai plus trop de souvenirs de lui. Il est mort prématurément lorsque j'étais tout petit. Et mon père, cette tête de pioche ne voulait jamais aborder ce sujet. Il parlait très peu de son père et avait eu de très mauvaises relations avec sa mère.

— D'accord ! dis-je avec une légère déception.

— Mais écoute, je vais me repencher dessus, pour voir si des choses me reviennent.

La voix de Capucine retentit tout à coup du *babyphone*.

— Je peux aller la chercher ? demanda mon père avec des yeux brillants.

— Bien sûr, vas-y ! Je continue à regarder ce qu'il y a dans la boîte.

Les nuages, le froid et le vent voilaient peu à peu le ciel de cette fin d'après-midi. Ma fille jouait dans le jardin avec mon père. Elle essayait de taper dans un vieux ballon de football légèrement dégonflé. Assise sur le fameux fauteuil à bascule préféré de ma mère, j'observai la scène de la terrasse extérieure, portant un *mug* de thé bien chaud à mes lèvres sèches.

— Elle sera footballeuse cette petite, tu as vu ? cria mon père surexcité.

— Une vraie sportive ! Je suis fière d'elle et de son *coach*. Par contre, je commence à sentir des gouttes, vous ne voulez pas rentrer avant l'averse qui approche ?

— On arrive ! De toute façon je commence à fatiguer un peu.

— Tu m'étonnes ! Allez ! Au bain, le dîner et au lit princesse ! ajoutai-je en attrapant Capucine d'un bras qui commençait à chouiner.

— Je vais te préparer mes fameuses pâtes pendant que tu la laves.

— Oh oui, celles avec les aubergines, les courgettes, les brisures de cacahuètes et les poivrons ?

— Ah je vois que tu t'en rappelles, tu en dévorais des tonnes lorsque tu étais petite.

— C'est vrai ! Je suis impatiente de retrouver les sensations de mon enfance. Tiens au fait, lorsque j'étais en train de vous regarder tout à l'heure, ça m'a fait penser à quelque chose concernant Henri. As-tu par hasard autre chose que ce qu'il y a dans le carton ? Par exemple, son livret de famille ? Ou celui de grand-père ?

Mon père se figea quelques instants l'air inquiet.

— Euh, non je n'ai rien d'autre. Ils ont été perdus depuis des années. Allez, allez, va laver la petite et on dîne. Dit-il d'un ton légèrement agacé pour interrompre la conversation.

Je montai les escaliers tenant Capucine à mon cou, et entrepris le rituel du bain tout en chantonnant les comptines dont elle était friande. Lorsque j'eus enfin terminé la petite chorégraphie que j'exécutais chaque soir, Capucine s'endormit au bout de quelques secondes, serrant dans ses bras son fameux doudou jaune poussin, qui avait été surnommé *Coincoin*. Je rejoignis alors mon père qui se trouvait toujours dans la cuisine, un verre de vin rouge à la main.

— Est-ce que le vin est conseillé avec ton traitement ?

— Oh c'est bon ! Je vais quitter ce monde de toute façon, donc je tiens à profiter encore des choses qui me font envie. Je t'ai servi un verre si tu veux. C'est un très bon *Médoc*. Je vide ma cave des meilleures bouteilles qu'il me reste.

— Alors, je vais le goûter. Merci !

Mon père m'apporta une assiette remplie.

— C'est prêt, mange pendant que c'est chaud.

— Toi tu ne manges rien ?

— Tu sais un peu de vin me suffit, c'est la seule chose qui passe, car à cause de cette foutue chimio, je n'ai pas vraiment d'appétit.

— C'est ce que j'ai remarqué en arrivant hier. Tu es devenu un poids plume.

— J'ai retrouvé mon poids de jeune homme tu veux dire. Et ta mère ne peut même pas en profiter.

— Papa, s'il te plaît ! m'esclaffai-je les yeux brillants.

— Ah non ! Pas de pleurs ! Je ne vais pas me répéter de nouveau ma chérie.

— Oui papa ! Excuse-moi.

Je pris la fourchette en argent qui était posée à côté de mon assiette bretonne que j'adorais, et affamée, avalai gloutonnement une grosse portion de spaghettis.

— Ouah ! C'est un régal. Je crois que ce plat est encore meilleur qu'il l'était dans mes souvenirs.

— Je suis content. J'en ai gardé une part dans le frigo pour Capucine.

— Parfait, je te remercie.

— Au fait, est-ce que ça a été cette nuit ? J'espère que ça ne t'a pas trop gênée de dormir dans le bureau, et surtout dans le petit lit une place qu'il nous restait.

— Non ça va, j'ai dormi comme une masse. C'est très confortable, même si j'ai plus l'habitude d'un *king size*.

— Ah oui, d'ailleurs est-ce que ton mari va bien ? Désolé si j'évite un peu ce sujet…

— Oh je comprends ! Ça va. Il travaille beaucoup comme d'habitude.

— Et il te laisse souvent seule avec la petite ?

— Depuis qu'il a son nouveau travail, il a des obligations et de hautes responsabilités, ce qui implique qu'il soit souvent en déplacement.

— Tu ne t'ennuies pas trop toute seule dans ton château ?

— Papa ! Ce n'est pas un château, c'est un mas. Et non ça va, j'ai mes habitudes.

— Est-ce que tu t'es fait des amis ? As-tu retrouvé un travail ?

— Pas encore…

— Je vois !

Je connaissais ce regard…

— Je ne suis pas sa prisonnière tu sais !

— Je n'aurais jamais cru que la condition de femme au foyer te rendrait heureuse, toi qui étais effrontée et tellement indépendante.

— N'aborde pas ce sujet, sinon je repars dès demain.

— Très bien ! Oublie ça… je vais me coucher. Je te souhaite une bonne nuit.

— Je vais tout ranger ne t'inquiète pas. Repose-toi bien. Á demain.

Je l'embrassai et terminai la vaisselle, avant de rejoindre le bureau qui avait été mon ancienne chambre de petite fille quelques années auparavant.

Vers trois heures du matin, je ne dormais toujours pas. J'entendais sans cesse les hululements du hibou, qui s'était niché dans l'immense sapin planté juste à côté de la maison. N'arrivant pas à trouver le sommeil, je contemplais les nombreux ouvrages qui trônaient dans la bibliothèque qu'ils avaient fabriquée sur mesure, en remplacement de mon placard à vêtements. Je finis par m'assoir derrière le bureau style Napoléon qui avait été celui de ma mère. J'ouvris les tiroirs et y découvris des

photos de nous trois avec nos anciens animaux de compagnie ; ainsi que de vieux carnets d'adresses, des bloc-notes griffonnées, de vielles listes de courses et des enveloppes contenant des timbres anciens. Il y avait aussi un cadre dans lequel se trouvait un poème que mon père avait écrit pour ma mère. C'était celui qu'il avait récité lors de son enterrement. Puis sous une pile de vieux magazines, je découvris un livret de famille.
Serait-ce celui de mes parents ?
 En regardant la reliure de plus près, très abîmée et un peu vintage, mon cœur se mit à battre la chamade. J'ouvris les premières pages et lu les noms qui y étaient inscrits…
 J'écarquillai les yeux et relus les noms.

Du   *17 août*   **mil neuf**   *cent trente et un*

Mariage

Entre   **Henri Joseph DEVILLET (anciennement FAVRE)*.**
Né le   *7 Octobre 1898*
Á   *Allondaz*

Arrondissement   *Albertville*
département de   *Savoie (73)*

Profession   *Garçon de bureau*
Domicilié à   *Albertville*

Fils de   *Père inconnu*

Et de   *Julienne-Mélanie FAVRE*

Veuf de   ...

Et   **Rosine BIGUET**
Née le   *12 Novembre 1911*

Á   *Notre-Dame-des-Milières*

Arrondissement   *Albertville*
département de   *Savoie (73)*

Profession   *Commerçante*
Domicilié à   *Notre-Dame-des-Milières*

Fille de   *Louis-Eugène BIGUET*
Et de   *Claudine-Mathilde BIGUET*

Veuf de   ...

Contrat de mariage   *reçu par Me Poisson notaire à*
Albertville

Délivré le   *17 août*   **1931**

L'officier de l'état-civil,
Bernard Gauthier

 Soit mon père avait perdu la mémoire, soit il me mentait… en tout cas ma mère avait raison, cette histoire n'était pas claire.

6

La boîte de pandore

Le lendemain matin, attablée à la cuisine avec Capucine sur mes genoux qui finissait de boire son biberon, je repensais à ma découverte de la nuit dernière. Je ne savais pas vraiment comment aborder le sujet avec mon père, sans le braquer ou le vexer. Je pressentais quelque chose d'étrange, mais ne savais pas comment la traduire. En tout cas, mon esprit ne cessait de se questionner.

Pourquoi mon arrière-grand-père portait-il un autre nom ? Et surtout, pourquoi mon père me l'avait caché ?

En tout cas, ça expliquerait pourquoi je n'avais pas trouvé son acte de naissance initial dans les registres d'état-civil. Il avait probablement dû changer de nom à sa majorité. Mais pourquoi ? Le nom de sa mère n'avait même pas été mentionné dans les registres matricules. Est-ce qu'ils étaient en conflit ?

Tant de questions pour lesquelles je n'aurai peut-être jamais de réponses…

Mon père s'éveilla vers dix heures, fatigué et affaibli.

— Papa ! Je t'ai fait du café, tu en veux ?

— Merci ma chérie. Juste un fond, car j'ai déjà des nausées. Au fait, l'ambulance doit venir me chercher à onze heures trente pour m'emmener au Centre Henri Becquerel à Rouen.

— Oui je me souviens, tu l'as noté aussi sur le calendrier qui est accroché sur le frigo. Ça va aller ? J'aurais bien aimé t'accompagner, mais avec Capucine c'est moins évident.

— Je comprends ma chérie. Et je n'ai pas envie qu'elle soit confrontée à tout ça si jeune. Tiens, tu pourrais peut-être aller voir Marina ?

— Ah oui c'est vrai ! Ça m'était complétement sorti de la tête, je devais la contacter à mon arrivée. Bonne idée ! Tu rentreras vers quelle heure ?

— Fin d'après-midi. Mais profitez de votre journée les filles, ne vous occupez pas de moi.

— On est là aussi pour être avec toi.

— Je sais ! Et j'en suis très heureux. Bon mes chéries, je vais essayer d'avaler mes milliers de gélules en guise de céréales et je vais me préparer.

Je décidai de ne pas encore lui parler du livret de famille et essayai de trouver un moyen de changer les idées de mon père. Inviter Marina pour un dîner surprise lui plairait certainement, sachant combien il appréciait ma meilleure amie, qui n'avait jamais la langue dans sa poche.

Après le départ de mon père, et l'envoi de quelques sms, tout était organisé. Grâce à la complicité de Marina, qui était surexcitée par l'idée et surtout par le fait que nous nous étions réconciliés mon père et moi, un festin se préparait.

— Oh j'ai trop hâte de voir sa tête ! s'exclama Marina, en léchant la cuillère recouverte de chocolat noir fondu et en raclant une nouvelle fois le saladier dans lequel se trouvait ma préparation.

— Hey ! Pas touche ! Sinon il ne va plus en rester. Tu as terminé les verrines d'avocat et poulet ?

— Oui chef ! C'est au frais.

— Tu peux vérifier sur le *babyphone* si Capucine dort toujours, car j'ai cru l'entendre.

Marina regarda et d'un ton satisfait, m'annonça que la petite dormait à poings fermés.

Je m'attelais ensuite à la préparation de mon cake salé au jambon fromage.

— Merci pour les courses ! Comme ça on ne perd pas de temps avant le retour de mon père. Dis-je en malaxant la pâte.

— Oh de rien ma poulette, ton père je l'adore. Je le considère comme le mien. Vous me manquiez trop tous les trois. Désolée, je n'inclus pas ton mari.

— Ah ah très drôle ! Je comprends ta pique. Cependant en ce moment ça va un peu mieux, il est moins distant et il m'appelle plus souvent depuis que je suis arrivée.

— Encore heureux ! Bon c'est génial. Pourvu que ça dure.

— Je n'osais pas trop t'en parler, mais as-tu eu des nouvelles de Rémy ?

— Ah ah ah ! Sujet épineux… ça fait quelques semaines qu'on ne s'écrit plus trop, car il est parti en mission assez loin, sans m'en dire davantage. Secret professionnel ! Mais bon il me manque. Tiens j'avais oublié de te dire, qu'en ce moment j'ai l'impression de me faire draguer par le nouveau directeur adjoint du collège. Il est prof de sport, plutôt pas mal et n'arrête pas de m'envoyer des messages pour préparer la prochaine rentrée !

— Ah donc, tu as changé de proie ?

— Je ne sais pas, je veux juste avoir l'impression de compter pour quelqu'un, et que cette personne fasse des efforts pour me le prouver, car dans toutes les histoires que j'ai eues, j'ai l'impression que c'était toujours moi qui me donnais à fond.

— Je comprends ma puce. En tout cas j'aimais bien Rémy, et puis je pense qu'il tient beaucoup à toi. C'est simplement que son travail l'entraîne dans des sphères dangereuses et il doit probablement devoir préserver son entourage.

— On verra bien ! Tiens en reparlant de *Don Juan*, Mathieu m'a demandé plusieurs fois de tes nouvelles.

Je pris le torchon sale qui était posé devant moi et le lançai en direction de la tête de Marina, qui l'évita de peu.

— Arrête ! C'est bon… je suis mariée donc n'en parlons plus.

— Alors, je ne dis rien !

— Bon, les préparatifs du repas sont terminés et mon père va arriver. On va se préparer ?

— Ok je te suis ! Et je récupère au passage ma filleule d'amour, car je viens de voir qu'elle s'est levée.

— Parfait ! Allons'y !

À son retour, la surprise fut complète. Mon père qui semblait abattu par le traitement s'égaya de nouveau lorsqu'il découvrit son salon en fête.

— Votre déco de table est géniale les filles ! Bravo ! C'est très réussi. Il ne fallait pas vous donner autant de peine.

— Papa ! On t'aime et ça nous rend heureuses de faire ça pour toi. On va rattraper tous les anniversaires que nous n'avons pas pu passer ensemble.

— Eh bien, j'espère que tu n'as pas préparé une dizaine de gâteaux non plus, car mon estomac ne va pas tenir le coup.

— Non un seul, mais j'espère qu'il en vaudra dix. Tu mangeras ce que tu veux et surtout ce que tu peux.

— En tout cas, tous ces mets me mettent en appétit.

— Je débouche du champagne et on trinque ! lança Marina en saupoudrant quelques confettis sur la tête d'une Capucine enchantée par l'évènement.

La soirée battait son plein, mon père nous faisait découvrir tous les tubes cultes de sa génération sur son vieux tourne-disque de collection, et bougeait au rythme de la musique. Il semblait avoir retrouvé ses vingt ans. Capucine et Marina dansaient également comme des folles, pendant que je déposais les plats sur la grande table à manger en chêne massif.

— Ah ma chérie, tu as vraiment mis les petits plats dans les grands. Ça me rappelle ceux de ta mère.

— J'ai pioché dans son petit répertoire de recettes qui était dans la cuisine, j'espère que ça ne te dérange pas ?

— Pas du tout !

Les yeux brillants, il prit une coupe et trinqua avec moi en guise de remerciement.

— Allez ! À table la troupe ! criai-je rassurée et enjouée.

Mon père fit honneur à tous les plats, avec envie et gourmandise, ce qui nous fit chaud au cœur.

— Oh c'est très bon ! Vous m'avez régalé les filles.

— Mission réussie co-pilote ! Tape là !

Je frappai dans la main levée de Marina en terminant ma deuxième coupe de champagne. Tandis que Capucine commençait à s'endormir sur sa chaise haute, repue, la bouche couverte de miettes de gâteaux.

— Nora ! Tu veux que je m'en occupe ? demanda-t-elle en regardant ma fille.

— Oui merci ! Je vais préparer du café pour nous trois. Papa pose toi tranquillement sur le canapé.

— Bonne idée ma fille !

Je déposais le plateau avec les tasses fumantes sur la table basse du salon, et je pris ensuite le plaid gris qui trônait sur le bord d'une chaise pour en recouvrir mon père, avant de m'installer à ses côtés. Il ne broncha pas et s'enroula dans la couverture tel un enfant dans ses langes.

Je l'observais et ne pouvant plus attendre, je pris mon courage à deux mains pour lui parler.

— Papa ! Je sais que je vais encore t'embêter avec ça, mais je voulais te parler de quelque chose que j'ai trouvé cette nuit.

Le regard étonné, il m'observa en attendant la suite.

— J'ai retrouvé le livret de famille d'Henri…

Les yeux écarquillés et la bouche ouverte, sans qu'aucun son ne puisse sortir de sa bouche, il semblait tout à coup très soucieux.

— En le lisant, j'ai vu qu'il avait changé de nom. Est-ce que tu le savais ? Et pourquoi m'avais-tu dit que les livrets de famille avaient été perdus ?

Mon père se leva d'un coup sec, laissant glisser le plaid sur le sol.

— Je t'ai dit de laisser tomber. Tu n'avais pas à fouiller. Et toute cette histoire est compliquée. Je n'en comprends pas plus le sens aujourd'hui. Oublie ça s'il te plaît.

— Mais pourquoi tu réagis comme ça ?

Fébrile, mon père tanga d'un côté et de l'autre comme s'il allait perdre connaissance.

— Papa ! Viens te rasseoir.

— Non, laisse-moi !

Mais en quelques secondes, il s'effondra, tomba brutalement sur le sol et s'évanouit.

— PAPA ! criai-je désemparée.

Le médecin de garde était assis sur le bord du lit en train de prendre la tension de mon père, qui avait repris conscience depuis peu. Marina et moi l'observions avec inquiétude.

— Sa tension a fait un bond ! A-t-il eu un choc ou autre chose qui aurait pu lui causer un stress intense ?

Gênée, je ne sus quoi répondre.

— Non rien, c'est probablement mon traitement qui m'a assommé. Répondit mon père en détournant le regard.

Monsieur Dévillet, il faut impérativement que vous vous ménagiez, pas de stress, ni de marathon, ni d'alcool, etc. Du repos, du repos, du repos…

— Oui j'ai compris. De toute façon ma fille repart demain, donc je n'aurai rien à faire et je pourrai dormir.

Marina se tourna vers moi et me murmura quelque chose.

— Tu ne devais pas rester jusqu'à la fin de la semaine ?

— Je croyais… dis-je avec incompréhension.

Le docteur s'adressa à moi en disant :

— Je viens de lui faire une injection qui va permettre de stabiliser son état et qui l'aidera à trouver le sommeil. Tout semble être rentré dans l'ordre, il faut maintenant le laisser dormir. Cependant, n'hésitez surtout pas à me rappeler si toutefois il se passait quoi que ce soit.

— Parfait ! Merci beaucoup docteur.

Nous sortîmes tous les trois de la pièce, laissant mon père se reposer calmement ; d'ailleurs il était déjà tombé dans les bras de Morphée. Je laissai repartir Marina qui n'avait pas vraiment compris ce qui s'était passé, puis je commençai à préparer mes valises. Malgré moi, je ressentais à nouveau cette culpabilité familière me torturer au creux de mon ventre.

Le lendemain matin, mon père nous salua rapidement prétextant des choses à faire, sans même me laisser le temps de m'expliquer ou de m'excuser d'avoir été la cause de son malaise. Je me résolus donc à partir aussitôt, et je repris la route avec les larmes aux yeux et le cœur lourd.

Mais qu'est-ce qui s'est passé pour qu'il réagisse comme ça ? Est-ce vraiment à cause de ce que j'ai dit ? Il faut que je comprenne l'histoire d'Henri. Peut-être qu'en recontactant Églantine j'en saurai plus !

7

Fil d'Ariane

À notre retour, Gustave nous accueillit un peu décontenancé.

— Vous êtes déjà là ? Je croyais que vous ne deviez rentrer que dans quatre jours ? s'exclama-t-il sur un ton agacé, en sortant les valises de la voiture.

— Comme je te l'ai dit tout à l'heure au téléphone, mon père ne voulait pas que nous restions à cause de ce livret de famille que j'ai trouvé.

— Je ne comprends pas sa réaction, franchement ton père est très lunatique. Pourtant vous étiez bien chez lui !

— Bon chéri… je suis désolée, je suis fatiguée, énervée, déçue par cette situation et je voudrais juste aller au lit. J'ai l'impression que ça te dérange qu'on soit ici !

— Non, non bien sûr que non, mais, j'ai du boulot et j'aime pouvoir travailler tranquille, c'est tout. De toute façon je serai obligé de repartir d'ici deux jours, car j'ai de nouveau des réunions qui doivent s'organiser à Paris.

— Encore ? Mais tu viens à peine de rentrer !

— Je sais… si tu crois que ça m'enchante.

Après cet accueil compliqué, je couchai Capucine qui s'était assoupie dans mes bras avant d'aller réinvestir le lit conjugal, où mon mari dormait déjà profondément. Avant de faire de même, je consacrai quelques minutes à envoyer la photo du portrait d'Henri à Églantine, sans toutefois lui faire part de mes découvertes ; car si cela n'aboutissait pas à grand-chose, je préférai taire cette révélation et passer les détails sous silence, sachant que ce sujet semblait être sensible.

Le lendemain matin, je fus réveillée en sursaut par mon portable : une notification provenait du site *Mes racines* et m'annonçait l'arrivée d'un nouveau message d'Églantine.

Message d'Églantine CHAPPAZ – 7h42 – 31/07/2021 :

Chère Nora,
Je vous remercie infiniment de cet envoi. Je suis si bouleversée, car je pense que nous sommes sur la bonne voie.
Je ne souhaite qu'une chose, c'est de faire votre connaissance au plus vite.
Nous aimerions également rencontrer votre père, afin de vous raconter notre histoire, qui à mon avis peut être liée à la vôtre.
D'autre part, j'aimerais en savoir plus sur vous. Avez-vous des frères et sœurs ?
Si cela vous convient, pourriez-vous faire le déplacement à Alladax, la capitale de la principauté d'Alpini[3] ? Nous résidons là-bas depuis peu, et cela nous ferait extrêmement plaisir de vous inviter chez nous. Ou si toutefois vous préfériez l'hôtel du centre-ville, nous prendrions les frais à notre charge bien entendu.
Pourriez-vous me donner rapidement votre réponse et me faire connaître les dates de votre venue afin que nous puissions nous organiser ? Je vous transmettrai par la suite, toutes les informations pratiques nécessaires.
En espérant une réponse positive à cette invitation,
Je vous souhaite une agréable journée,
Églantine

---

[3] Principauté imaginaire.

Je pris quelques instants pour reprendre mes esprits et relus plusieurs fois ce message.

Se pourrait-il que cette Églantine détienne réellement une des clés qui me permettrait d'éclaircir le passé d'Henri ? Mais puis-je lui faire confiance ? Ce n'est qu'une inconnue après tout !

J'étais malheureusement certaine d'une chose, c'est que mon père n'accepterait jamais de m'accompagner chez cette personne. D'une part, en raison de son état de santé. D'autre part et surtout, après la crise qu'il avait eue par ma faute lorsque je lui avais avoué avoir trouvé le livret de famille, et toute l'hostilité qu'avait provoqué cet aveu. Il était donc préférable de garder cette rencontre secrète le temps de démêler les choses.

Je pris quelques jours de réflexion avant de répondre à Églantine et je me confiai à mon mari. Gustave ne semblait pas s'opposer à ce voyage, bien qu'il ne pût se libérer pour m'accompagner.

— Écoute… ce genre de site me semble sérieux, je pense que cette dame est de bonne foi. Cependant, je te demande de m'appeler tous les jours pour me rassurer. En tout cas, je crois que ce voyage peut te faire du bien. Par contre le seul souci c'est que tu devras emmener Capucine, car la crèche n'aura pas repris et que, comme toujours, je serai accaparé par mon travail.

— Justement j'avais bien pensé à ça. Comme cela représente plus de dix heures de route et qu'il n'est pas possible d'y aller en train ou en avion, je pensai peut-être pouvoir la déposer chez ma grande tante. Elle adore Capucine et même si elle a plus de soixante-dix ans, elle est en super forme et disposée à la garder. Je vais d'abord l'appeler pour savoir si tout cela est faisable, avant de recontacter Églantine.

— Ça marche ! Bon je file ma chérie, car sinon je vais louper mon tgv. Je t'aime.

Gustave me déposa un baiser furtif sur la bouche, avant de récupérer sa valise-cabine à roulettes qui était déjà devant la porte d'entrée, puis, il disparut à l'intérieur du taxi qui était garé dans la cour du mas.

Avant le retour de mon mari, et avec l'approbation de ma grand-tante, j'informai Églantine de ma venue fin août.

Message de Nora DEVILLET – 16h10 – 13/08/2021 :

Chère Églantine,
Je suis désolée de ma réponse tardive, mais je voulais m'organiser au préalable avant de vous communiquer mes intentions.
Je suis heureuse d'accepter votre invitation, et je serai disponible pendant quelques jours, la dernière semaine d'août si cela peut vous convenir.
Je serai malheureusement seule, car mon père n'est pas en état de voyager, et il n'est pas au courant non plus de ma démarche que je souhaite taire pour le moment.
Pour répondre à votre question, je suis fille unique et hormis ma grand-tante paternelle par alliance, je n'ai pas beaucoup de famille.
Pourriez-vous dès que possible m'indiquer les modalités pratiques afin de préparer mon départ ?
Je vous souhaite une belle journée,
Bien à vous,
Nora

Quelques heures après mon dernier message, tout était organisé. Églantine m'informa du lieu où j'allais pouvoir résider lors de mon séjour, tout en m'assurant qu'il n'y aurait rien à ma charge car le frère de son mari était le gérant de l'hôtel. Elle me donna également son numéro de portable et m'envoya plusieurs liens d'adresses internet, concernant l'hôtel, ainsi que d'autres liens sur l'histoire de la famille princière locale. Et elle m'indiqua aussi les restaurants, les musées et les endroits incontournables à visiter dans la capitale. De même, elle m'alerta sur la nécessité de me faire vacciner pour obtenir le fameux pass sanitaire obligatoire sur ce territoire. Mais, je n'avais pas de soucis à me faire, puisque j'étais déjà en possession du précieux document depuis quelques semaines.

En parcourant les différentes pages internet, je fus subjuguée par la qualité de l'hôtel où j'allai séjourner. Il était situé devant un immense parc, de plusieurs hectares dans lequel se trouvait un zoo et plusieurs petits lacs artificiels, ainsi que des voies exclusivement réservées aux promeneurs, coureurs et cyclistes. Cela lui donnait étrangement un air de *Central Park*[4].

L'hôtel se trouvait dans un bâtiment classé aux monuments historiques, puisque qu'il était le premier palais où avait vécu la famille royale. D'ailleurs le nom choisi, rendait hommage à l'un des membres fondateurs les plus appréciés de la principauté, *Hector Ier*.

Je préparai donc studieusement mon emploi du temps, sachant que je ne verrai Églantine que le lendemain de mon arrivée.

---

[4] Espace vert américain d'une superficie de 341 hectares situé dans l'arrondissement de Manhattan à New-York.

En parallèle, je parcourus rapidement la page concernant la généalogie princière et constatai avec effroi, les dates de décès similaires des héritiers de la couronne. Cela me sauta aux yeux et me rappela une anecdote qui avait fait grand bruit dans la presse il y a plusieurs années. J'avais déjà entendu parler de cette principauté, bien entendu, mais surtout du drame qui s'y était produit en 2016. Un terrible crash d'avion avait décimé une partie de la branche familiale de la Princesse Anne-Lize d'Alpini, qui aujourd'hui venait de fêter humblement ses cent trois ans. Sa sœur, ses neveux et nièces, ainsi que son fils, sa fille, et leurs tous jeunes enfants avaient péri brutalement le 21 décembre 2016, alors qu'ils faisaient le voyage pour célébrer Noël avec elle. Une catastrophe inimaginable qui avait ébranlé le royaume.

Le jour de mon départ était venu. Mon mari m'aida à charger les dernières valises dans le coffre déjà bien surchargé de ma petite fiat 500CC noire.

— Ça va aller ? J'ai peur que les pneus de ta voiture ne tiennent pas le coup.

— Dans une heure à peine je serai chez ma tante, donc ça ira puisque je vais laisser une partie des bagages. Ce sont surtout les affaires de Capucine qui prennent de la place. Moi je n'ai que deux petites valises.

— Allez viens par-là ma chère femme. Me dit Gustave en me prenant dans les bras.

— On va se manquer ? dis-je en faisant la moue.

— Évidemment comme toujours ! Je ne suis pas rassuré pour vous deux.

— Tante Clara est une crème, je ne me fais aucun souci pour ces quatre jours. Elle était tellement heureuse, ça fait des semaines qu'elle se prépare.

— Je sais, mais elle n'est plus toute jeune.

— Sa meilleure amie qui a dix ans de moins sera là également pour la seconder. Tu sais, nous l'avions déjà croisée, entourée d'au moins quinze petits enfants qu'elle adorait.

— Bon d'accord, mais toi ?

— Je sais me débrouiller toute seule. Et tu as vu le palace dans lequel je vais dormir ? D'ailleurs je te préviens, je risque de faire chauffer un peu la carte bancaire, car j'ai vu qu'il y avait un super spa avec des formules massages qui me font rêver.

— Profites-en alors ! C'est vrai, nous ne sommes pas partis en vacances cette année, tu peux bien t'accorder ce plaisir. Par contre, j'exige que tu m'appelles tous les jours et tu ne parles pas aux inconnus. En tout cas, aux beaux inconnus.

— Ah bon ! Serais-tu jaloux ?

— Évidemment, avec une femme aussi belle que toi, et qui, j'en suis certain, peut envouter n'importe quel homme digne de ce nom, et même malgré elle. C'est d'ailleurs ce qui s'était passé pour moi, lorsque nous nous sommes rencontrés.

— C'est seulement lors de rares fois où je m'apprête à partir, que j'ai droit à de très belles déclarations d'amour.

— Donc tu sous-entends que je ne t'en fais pas assez ?

— Exactement ! ajoutai-je en entourant mes bras autour de son cou pour l'embrasser tendrement.

— Bon ! File ! Sinon tu vas tomber dans les embouteillages. Je t'aime. Prends soin de toi.

Gustave s'approcha du cosy de Capucine, installé devant, côté passager, et offrit quelques baisers à sa fille, alors qu'elle avait encore sa tétine dans la bouche et qu'elle était en train de tortiller son *Coin Coin* dans tous les sens.

Après avoir déposé ma fille chez Clara, je pris la direction de Lyon, puis bifurquai en direction de Genève et de la Savoie. La principauté d'Alpini jouxtait trois frontières, celles de la France, de la Suisse et de l'Italie. Sur la carte, ce territoire ressemblait à un cœur, d'où le surnom qui lui avait été attribué depuis des siècles, « le cœur de glace », de par sa haute altitude et son relief marqué par une prédominance montagneuse. Il abritait également de nombreux lacs, qui étaient gelés une bonne partie de l'année. Mais avec le réchauffement climatique, cette image s'étiolait petit à petit. Le territoire Alpinois, s'étendait sur près de 330 kilomètres carrés, il avait une population éparse de seulement 500 000 milles habitants, ce qui avait fait de lui un petit état. D'après les sources consultées, obtenir la nationalité alpinoise était apparemment un privilège. Elle était très convoitée par les plus riches et les plus célèbres de ce monde, faisant de ce petit pays, un concurrent de poids face à la Suisse.

Après plus de dix heures de route, j'atteignis enfin ma destination, Alladax. La capitale de cette pépite absolument éblouissante, se trouvait sur un plateau immense qui me subjugua dès mon arrivée. Les voies étaient larges, propres et bordées d'un décor végétal au style régulier et classique qui rappelait les jardins de Versailles. Des fontaines jaillissaient au centre de chaque rond-point que je franchissais. Je longeais d'immenses immeubles bâtis en pierre calcaire blanche immaculée, ornés de moulures dorées dans lesquelles se reflétaient les rayons du soleil couchant. Il n'y avait pas de feu tricolore, mais les automobilistes et les piétons circulaient en toute quiétude, grâce au passages cloutés peints en trois dimensions et phosphorescents.

Je reconnus le parc présenté comme le poumon vert de la ville, il se déployait sur plus de cinq kilomètres carrés. De l'autre côté, vers l'entrée Nord, se trouvait l'hôtel *Hector Ier,* que je repérai rapidement grâce à sa façade spectaculaire. Elle était constituée de colonnes antiques et d'une enseigne centrale, montée sur un ovale métallique, illuminé par des lettres d'or.

Un portier en uniforme traditionnel m'indiqua la marche à suivre pour pénétrer dans l'enceinte des lieux. Et un second groom m'ouvrit la portière, tout en me déroulant un long tapis rouge de belle facture jusqu'à l'entrée de l'hôtel. La double porte centrale s'ouvrit automatiquement lorsque je m'approchai du seuil, laissant voir un immense hall en granit blanc brillant où se reflétaient les lustres de cristal suspendus au plafond, lequel était orné de moulures vénitiennes.

À l'accueil, une magnifique hôtesse blonde aux yeux bleus, ressemblant à Miss Ukraine, « tirée à quatre épingles », me souriait tout en m'invitant à la rejoindre.

— Vous devez être Mademoiselle DEVILLET ! articula-t-elle avec un accent très prononcé probablement d'un pays de l'est.

Étonnée, je m'installai au comptoir.

— Mon nom d'épouse est Lonzac, mais, effectivement, la réservation a été faite à mon nom de jeune fille. Comment l'avez-vous su ?

— Il se fait tard, et vous êtes la dernière encore inscrite sur le registre des arrivées.

— Dommage ! Moi qui pensais que vous étiez voyante.

L'hôtesse dont le prénom Sabine était gravé sur un petit pin's doré accroché à sa chemise gris perle, exprima un petit rire chaleureux.

— Ma grand-mère m'a appris à lire l'avenir au fond des tasses de thé figurez-vous. Très bien madame Devillet-Lonzac, si vous le voulez bien, je vais vous guider jusqu'à votre suite.

— Une suite ?

— Oui, réservée pour vous pendant quatre jours, par Madame Chappaz. Paolo, pourriez-vous prendre les valises de Madame ? ordonna-t-elle au bagagiste posté en attente à côté d'un petit salon.

Encore plus surprise, je ne sus quoi dire d'autre, et je suivis Sabine en direction d'un des ascenseurs principaux, lequel était coordonné au lieu, doré et chic d'un style rétro. L'hôtesse appuya ensuite sur le bouton « T », placé à la tête d'une ribambelle d'autres touches lumineuses numérotées de un à vingt. Lorsque cet ascenseur s'ouvrit, je découvris nos visages qui se reflétaient dans un immense miroir. Une fois arrivées, une sonnette aux tonalités douce indiqua l'étage sélectionné.

— Nous sommes dans la suite *Régent*, au dernier étage de l'établissement. M'expliqua-t-elle en avançant vers la seule double porte qui se trouvait sur le palier et qu'elle déverrouilla à l'aide d'une petite carte magnétique.

— Oh mon dieu ! m'exclamai-je en découvrant ma chambre, où devrais-je plutôt dire mon palais.

— Sur le côté se trouve le double salon, avec bar où tout vous est offert, donc n'hésitez pas à en profiter. Plus loin, voici la chambre avec un lit super *king size* à baldaquin, puis juste à côté, la salle de bain avec jacuzzi. Les toilettes sont proches de l'entrée. Pour le dîner, nous pouvons vous réserver une table en ville où vous voudrez, nous sommes à votre disposition pour vous fournir de bonnes adresses. Ou bien nous pouvons également vous faire monter un plateau garni. Les repas sont le seul bémol de notre établissement, car en ce moment notre restaurant est en travaux. La réouverture est prévue pour la fin d'année. Pour le petit déjeuner, nous vous monterons un plateau à votre demande. Et tout ceci est bien entendu compris avec la chambre, donc vous n'avez rien à payer.

— Je crois que je suis en train de rêver.

— Profitez en bien. Ah oui j'allais oublier, la télévision se trouve dans le petit salon et vous avez accès à tout le bouquet traditionnel et les films en VOD illimités. Je vous souhaite un très bon séjour chez nous.

Je remerciai gracieusement Sabine tout en lui commandant un plateau repas, et j'allai directement me faire couler un bon bain chaud.

J'hallucinai en découvrant tout ce luxe, et me demandai pourquoi j'avais droit à ce traitement de faveur, alors que la famille Chappaz ne me connaissait pas. L'idée qu'ils se faisaient de moi, ne se fondait que sur quelques brefs échanges. J'allais certainement comprendre tout cela demain, lors de notre première rencontre avec Églantine. D'ailleurs, lorsque je sortis de la baignoire, un message venant d'elle était signalé sur mon portable.

Bonsoir Nora,

On vient de m'informer de votre arrivée. J'espère que vous avez fait bon voyage et que votre suite vous plaît. Nous voulions bien vous accueillir. J'ai hâte de faire votre connaissance. Nous pourrions nous retrouver si cela vous convient, au café des Tuileries, qui se trouve sur la place

Je confirmai l'invitation, puis je rassurai mon mari ainsi que Clara. J'en profitai par la suite pour manger mon dîner, avant d'aller directement me coucher, épuisée par le trajet.

Le lendemain matin, un petit-déjeuner royal me fut directement servi dans la suite, qui était inondée par cette douce lumière de fin d'été. Le temps était radieux. Je profitais de la vue de ma chambre, qui offrait un panorama magnifique sur la chaîne de montagnes qui entourait la ville, et sur une petite cour bucolique dans laquelle se trouvait un potager de légumes anciens. Tout était calme. En ouvrant une des fenêtres, je n'entendis que les chants mélodieux des oiseaux nichés dans les arbres aux alentours.

Ce cadre idyllique était propice à la découverte et à l'exercice. Je décidai donc d'enfiler mes chaussures de course, et d'arpenter dans un premier temps le fameux parc central qui se trouvait de l'autre côté de l'hôtel. Devant l'entrée Nord, je programmai ma montre connectée, mis mes *AirPods* dans les oreilles, puis lançai ma *playlist* habituelle.

Le bitume lisse défilait sous mes pieds au rythme du tube *Outro* du groupe M83. Il s'intensifia ensuite avec des groupes plus toniques, tels qu'ACDC, Muse ou Coldplay. Le paysage qui déroulait sous mes yeux me fascinait. J'avais l'impression de voyager dans différents univers, de passer des jardins impressionnistes de Monet à un safari en Afrique. Des centaines de papillons voletaient en liberté dans la zone aux nénuphars. La diversité des environnements dans un même lieu était déroutante. Au fil de mes foulées, je doublais quelques promeneurs et des familles qui profitaient des derniers jours de vacances scolaires. Une aire de jeu en bois recyclé, était également aménagée à côté d'une petite ferme qui abritait quelques poules, chèvres et porcelets. Des cabanes en bois sur pilotis, étaient installées pour former une sorte de village ludique, dans lequel les enfants pouvaient évoluer et s'amuser. Tout semblait bien pensé et adapté pour créer une certaine harmonie dans cet environnement pourtant hétéroclite.

Je terminai mon tour en ayant parcouru presque sept kilomètres, ce qui me procurait un grand bien-être, comme si l'on m'avait injecté une dose assez significative d'endorphine pour me sentir détendue toute la journée.

À mon retour et après une bonne douche, comme pour une fois, le temps ne me manquait pas, je pris le plan de la ville et entrepris de faire quelques visites. De nombreux musées étaient consacrés aux textiles et à la mode, car ce fief était apparemment aussi réputé pour son vivier de créateurs qui s'était formé dans la capitale. Notamment dans une académie prestigieuse d'Arts très reconnue, *L'APOLLINE*, du prénom de la Princesse et de la femme bien aimée d'*Hector Ier*. Apolline, Duchesse de Beauregard, faisait partie de ces ambassadrices avant-gardistes de la mode, au même titre que Marie-Antoinette. Elle faisait l'objet de multiples représentations, bienveillantes et angéliques.

À l'heure du déjeuner, je pris une salade et une bouteille d'eau dans une des boulangeries que je croisai sur ma route, et m'installai sur un des bancs qui se trouvaient sur une petite place de style romantique. Le lierre et la glycine habillaient les murs des hôtels particuliers, qui donnaient sur la place. Je voyais face à moi un magnifique balcon fleuri, qui me faisait penser à celui de Vérone dans la tragédie *Roméo et Juliette*[5]. Un cœur gravé dans le bois de l'assise sur lequel j'étais posée avec les initiales M et N, confirmait cette impression. L'endroit était un lieu parfait pour débuter une histoire d'amour.

À ce moment précis, un homme grand, brun, bien bâti, vêtu d'un costume sombre, déboucha d'une des ruelles, un téléphone vissé à l'oreille en marmonnant un dialecte italien. Je perçus furtivement quelques tatouages partiellement cachés sous les manches de sa chemise noire. Cet homme aux yeux noisette, tourna son regard une fraction de secondes dans ma direction tout en continuant sa route.

Après cette vision assez plaisante, je déjeunai tranquillement et profitai des rayons du soleil qui caressaient ma peau. Une fois terminé, je pris la route en direction du café des Tuileries, qui se situait à quelques mètres de là.

Tout à coup, je pris conscience que je ne savais pas à quoi ressemblait Églantine. Je pris mon téléphone portable et constatai que j'avais reçu un sms de sa part.

Je vous attends à la table qui se trouve à côté de la sculpture d'Aphrodite.
À tout de suite,
Églantine

---

[5] *Roméo et Juliette*, William Shakespeare, 1597.

Je quittai l'écran des yeux et repérai cette fameuse œuvre d'art parmi la foule de personnes installées en terrasse. Juste à côté, était assise une magnifique femme aux cheveux châtain clair attachés en chignon, et portant des lunettes assorties à sa tenue de *working girl* parisienne. En m'approchant d'elle, je constatai qu'elle tenait déjà une tasse de thé dans une main tout en consultant la presse locale de l'autre.

— Excusez-moi ! m'annonçai-je timidement.

— Ah vous devez être Nora ! Installez-vous, je vous en prie.

Je lui rendis son sourire et m'assis sur la chaise en face d'elle.

— Je suis si heureuse de vous, enfin de te rencontrer si tu le permets.

— Oh oui tu peux me tutoyer. Moi de même je suis très contente d'être là. Je tenais avant tout à te remercier pour la chambre, ou plutôt la suite. Il ne fallait vraiment pas, je suis gênée.

— Oh ne t'en fais pas pour ça. Comme nous t'avons fait déplacer, nous voulions te faire un bel accueil.

— Eh bien encore un grand merci.

— Je t'en prie. Tu veux quelque chose à boire ?

— Un soda sans sucres s'il te plaît.

Églantine héla un des serveurs et dicta nos commandes.

Elle ne semblait pas intimidée, mais plutôt sûre d'elle. Nous devions avoir pratiquement le même âge, bien que quelques traits marqués et de légers cheveux grisonnants me mirent le doute. À travers ses larges lunettes de vue, je pus apercevoir de magnifiques yeux émeraude.

— Alors, alors, belle Nora. Je tenais à te rencontrer, car cette photographie d'Henri est assez sidérante et saisissante.

— Ah oui ? Finalement je suis comme toi, je ne savais pas à quoi il pouvait ressembler, avant d'avoir retrouvé cette photo chez mon père, il y a quelques semaines. Elle date de 1918, c'était écrit au dos.

— Et ton père ne t'en a pas dit plus ? Sachant le peu d'informations que tu avais pu collecter dans les archives publiques.

 J'hésitai pour le moment à mentionner le livret de famille, que j'avais emmené et qui était resté dans une de mes valises.

— Il m'a juste dit qu'il faisait bien partie du douzième bataillon des chasseurs à pied durant la guerre. Ça se voit sur l'uniforme qu'il porte sur la photo. Il a très peu de souvenir de lui. Mon grand-père paternel en parlait peu.

— Henri a-t-il eu d'autres enfants que ton grand-père ?

— Oui, un petit frère mort d'une maladie à l'âge de quatre ans. Mon grand-père, Pierre, quant à lui, est décédé dans les années 2000.

— D'accord. Tu sais je t'avais parlé de ce neveu du côté de ma mère, nous étions à sa recherche. Si nous t'avons demandé une photo, c'est parce que, de notre côté, nous en avions quelques-unes de ses parents et de ses sœurs. Et on a tout de suite trouvé des traits de ressemblance remarquables avec cette famille. Notamment, ce regard, et les maigres informations que tu nous as donné s'avèrent tout de même correspondre aux nôtres. Peut-être que cette absence d'acte d'état-civil, et d'information sur les différents registres pourraient révéler en fait, un lien rapproché de parenté caché.

— Tu crois ?

— Néanmoins, cela reste flou avec si peu d'éléments, qui pourtant semblent probants. Et ce taux de compatibilité impressionnant dû au test génétique nous a retournées.

— Lorsque tu dis-nous, c'est qui ?

— Ma mère. Nous menons l'enquête ensemble depuis plusieurs années.

Je pris une seconde pour réfléchir à ce que j'allais révéler.

— Je ne sais pas si ça peut être pertinent, mais j'ai eu confirmation que la mère d'Henri s'appelait Julienne-Mélanie. Et il n'y avait pas de père connu.

— Très intéressant ! Et était-elle bien femme de chambre ?

— Je crois, mais avec peu de certitude. Pour toi, ce fameux neveu aurait donc été Henri ? Enfin le Joseph recherché ? Mais justement cela ferait de nous de lointains cousins. Alors que le taux me paraît bien trop élevé.

— Je sais, c'est dingue. Il doit y avoir une autre explication.

Le téléphone d'Églantine nous interrompit soudainement dans notre réflexion. Elle se leva et alla plus loin pour répondre. À son retour quelques minutes plus tard, elle semblait embarrassée.

— Nora je suis vraiment désolée, mais je dois y aller. Je ne te l'ai pas dit, mais je suis assistante personnelle et un de mes clients à besoin de moi. Je suis contrainte de partir.

— Oh oui je comprends, aucun souci.

— Je te passe un coup de fil ce soir pour que l'on programme quelque chose. La note est pour moi bien entendu. Mille excuses encore une fois.

Églantine me salua rapidement, puis s'éclipsa dans une Mercedes gris métallisé qui l'attendait au coin de la rue.

Je repris le chemin de l'hôtel, malgré tout un peu déçue de
cette entrevue écourtée.

8

Le jeu de dames

En entrant dans la suite, j'eus l'agréable surprise de constater que l'ensemble de mes affaires avaient été rangées ou pliées dans l'armoire prévue à cet effet. Mes vêtements de sport étendus sur le rebord du jacuzzi avaient été lavés, et de nouvelles serviettes de toilette avaient remplacé les anciennes. La dernière touche olfactive appréciable, était la diffusion d'un parfum de jasmin dans toutes les pièces.

Me relaxant sur l'un des canapés du salon, je pris le temps d'appeler Clara, puis d'informer Marina de mon voyage. Elle s'empressa de m'appeler en visio pour me sermonner avant de m'envier lorsqu'elle découvrit où je logeais. Mon père ne lui avait donné que peu de nouvelles et je n'avais pas osé lui en demander. En tout cas, je préférais attendre le moment opportun ; mais elle me rassura puisqu'il semblait aller mieux. J'essayai ensuite de contacter mon mari, qui m'informa par message être en réunion.

En fin de journée, ressassant notre courte conversation de cet après-midi avec Églantine, je pris conscience bêtement de ne pas avoir encore vérifié de nouveau les registres d'état civil en ligne, pour savoir s'il y avait bien quelque chose au nom de FAVRE. Je sortis mon ordinateur portable d'un de mes sacs et me connectai sur le site. J'accédai ensuite au bon registre et fis défiler les pages numérisées jusqu'à tomber sur plusieurs noms similaires, dont un mentionnant Henri, avec la bonne date de naissance. Mon cœur se mit subitement à battre la chamade lorsque mes yeux plissés lisèrent les deux petites lignes inscrites le concernant.

Henri, Joseph FAVRE, fils de Julienne-Mélanie FAVRE, ayant accouché seule, est né le 7 octobre 1898 dans une ferme à Allondaz dans le canton d'Albertville, sans père déclaré.

Mes mains recouvrirent ma bouche figée de surprise.
Oh mon Dieu !
Cela confirmait bien l'absence de père, mais n'en révélait pas davantage malheureusement.
L'esprit toujours embrumé de milles questions, je continuais mes recherches en vain et fut finalement interrompue vers dix-neuf heures par la sonnerie de mon téléphone.
— Bonsoir Nora ! J'espère que je ne te dérange pas.
— Non pas du tout.
— Je ne sais pas si tu t'apprêtais à dîner, mais je suis à un vernissage ce soir, dans la salle *Péplum* de la galerie Odyssée qui se trouve au palais de Krêne. Je te propose de m'y rejoindre d'ici une heure si tu le veux. Désolée c'est un peu l'imprévu. Après nous irons dîner dans un autre endroit de la capitale que je connais bien.
— Oui pourquoi pas. Je dois juste regarder si j'ai de quoi m'habiller, car je n'ai pas vraiment pensé à prendre des tenues de soirée. Et je dois également m'assurer qu'il y ait des taxis à cette heure-ci.
— Oh ne t'en fais pas pour ça. Je t'envoie une voiture et pour les robes, j'appelle quelqu'un de l'hôtel qui va pouvoir te proposer quelques petites choses en prêt dressing. Ça se fait beaucoup ici.

— Ah oui ? Très bien.

— Le chauffeur de la voiture te remettra une invitation qu'il faudra présenter à l'entrée. Les membres du staff que tu vas rencontrer te testeront pour le virus, et si tout va bien, tu pourras rentrer sans masque. À tout à l'heure.

En moins d'une heure, j'étais coiffée, maquillée et relookée avec une robe noire mi longue légèrement fendue sur les deux côtés, discrète mais élégante et chaussée de spartiates compensées en cuir assorties d'une pochette à franges coordonnée.

En sortant de la voiture, un portier m'accompagna vers l'entrée principale, qui se trouvait en haut d'immenses marches en grès brun où je fus fouillée, testée puis autorisée à entrer sans masque.

Une hôtesse d'accueil rousse, sourire aux lèvres, me guida vaguement dans la bonne direction.

J'arpentai donc sans vraiment savoir, la multitude de couloirs qui devaient me mener au bon endroit.

Une légère vibration provenant de ma pochette m'informa qu'on essayait de m'appeler. En farfouillant dans celle-ci, je ne fis pas attention et heurtai soudainement le torse d'une personne, et renversai l'ensemble de mes affaires.

— Oh mince, excusez-moi ! dis-je embarrassée, accroupie sur la moquette en rassemblant mes effets personnels sans lever les yeux.

Une main d'homme me tendit un tube de rouge à lèvres, qui avait roulé jusqu'au niveau de ses chaussures de grand créateur. Je récupérai l'accessoire et levai mon regard en direction de celui de l'inconnu contre lequel je venais de me cogner.

Mais je l'ai déjà croisé !

— Ce n'est rien ! C'est plutôt à moi de m'excuser, je n'étais pas très attentif non plus. Dis le très bel homme brun au léger accent italien.

 Déstabilisée, je finis par me remettre sur mes pieds.

— Nous sommes tous les deux pardonnés alors ! m'exclamai-je en regardant autour de moi.

— Vous semblez un peu perdue.

— Ce n'est pas faux. Je cherche la salle *Péplum*.

— C'est juste au bout du couloir derrière moi. Vous ne pouvez pas la manquer.

— Merci beaucoup.

— De rien ! À votre service mademoiselle. Me dit-t-il en se penchant légèrement vers moi.

 À cet instant précis, je fus parcourue par une vague incompréhensible de frissons dans tout mon être. Gênée, je lui décrochai un sourire timide et repris mon chemin sans me retourner.

 Une foule d'invités se trouvait dans cette salle somptueuse, décorée d'immenses miroirs et de sculptures antiques qui cohabitaient avec des œuvres d'arts plus modernes. Des cloisons avaient été installées, sur lesquelles étaient accrochées des tableaux abstraits. Des artistes évoluaient entre les invités, tandis que des serveurs arpentaient la salle proposant boissons et petits fours.

 La voix d'Églantine m'interpella.

— Nora ! Tu es là ! Viens me rejoindre.

 Églantine était en compagnie d'un couple d'un certain âge, qui semblait avoir des vues sur une des œuvres.

— Très bien, je verrai avec ma cliente si elle souhaite vous vendre le portrait des jeunes filles en fleurs.

— Nora ! Je te présente Monsieur et Madame KLAMELSSEN. Ils font partie des célèbres bienfaiteurs de notre ville. Ce sont des proches de la couronne.

Le couple me salua avant de partir en direction du tableau dont ils souhaitaient apparemment faire l'acquisition.

— Personnellement je trouve que c'est une croûte qui ne vaut pas trois-cent cinquante mille euros.

J'écarquillai les yeux.

— Eh oui, je ne sais pas si tu l'as remarqué, mais ici nous sommes dans la haute société. D'ailleurs je te propose qu'on s'éclipse d'ici une petite heure, car j'ai une faim de loup. Je dois encore aller voir quelques personnes, mais profite de l'exposition. Je viendrai te chercher lorsque j'aurai terminé. Et sers-toi en champagne.

Églantine se faufila entre les convives me laissant de nouveau seule.

Je sirotai une coupe en m'évadant vers d'autres salles. Puis je m'installai sur un banc central tapissé de motifs royaux, face à deux grands panneaux sur lesquels quelques tâches de peintures avaient été projetées. En scrutant les toiles, je me disais qu'on était loin d'un Jackson Pollock[6].

De nouveau, une vibration provenant de ma pochette m'indiqua un appel. C'était Gustave. Je décrochai et m'excusai d'avoir raté le précédent. Pendant que je parlais avec lui, je ne me rendais pas compte du chemin que j'empruntais et je finis de nouveau par me perdre dans le palais.

— Chéri je dois te laisser, je crois que je ne suis pas au bon endroit. J'ai quitté la salle principale pour t'entendre et au final je me suis égarée. On se rappelle demain. Je t'aime.

---

[6] Peintre américain de l'expressionnisme abstrait, mondialement connu de son vivant (1912-1956).

En débouchant sur un couloir qui me menait vers un patio, je remarquai au fond, une porte fenêtre ouverte, et sur le balcon, l'homme en noir était là, accoudé à la rambarde, fumant une cigarette en observant les lucioles qui illuminaient la ville.

Je me raclai la gorge et l'homme se retourna, un léger sourire aux lèvres.

— Ne me dites pas que vous êtes encore perdue ?

— Eh bien, je me promène. Mais effectivement, tête de linotte que je suis, je n'ai pas semé assez de petits cailloux pour retrouver mon chemin.

L'homme sourit de plus belle, amusé.

Son visage était un paradoxe, à la fois profond et froid, mais lorsqu'il souriait, ses traits devenaient plus angéliques. Sa barbe naissante et ses cheveux épais, marqués d'un mouvement sur le côté gauche, accentuaient son type « rital ». Il avait un charme fou auquel aucune femme ne pouvait résister. J'observai les petits bouts de tatouage qui dépassaient de ses manches légèrement remontées, et il me semblait apercevoir des symboles à connotation religieuse.

— Vous avez aimé l'exposition ?

Je réfléchis un instant à ce que j'allais dire, ne sachant pas si je jouais la retenue, ou le naturel.

— Quelques projections ne changeront rien au fait que je ne comprendrai jamais rien à l'art contemporain. On va dire que pour la novice que je suis, ça ne m'a pas emballée. Autant marquer directement le prix en gros sur le support, ça ira plus vite.

— Je l'aurais bien pris s'il ne s'agissait pas de mon propre vernissage…

Oh merde !

L'homme me dévisagea de ses yeux sombres. Il resta impassible, avant d'avoir un léger rictus moqueur.

— Je plaisante ! Ne vous flagellez pas. Je suis bien d'accord avec vous. Rien ne remplacera un *Michel Ange* ou un *Vinci*.

Je fus soulagée, et me décrispai instantanément.

— Mais sinon, dites-moi, votre visage ne m'est pas connu, alors que dans ce genre d'événement on croise toujours les mêmes têtes. Êtes-vous ce qu'on appelle « une pique-assiette » ?

— Pas du tout ! dis-je faussement offensée. Même si je fais certainement tâche parmi tous ces riches mécènes, j'ai été invitée par une amie.

— Ah oui ? Je dois forcement la connaître. Qui est-t-elle, cette fameuse amie ?

— Vous êtes un agent du service de sécurité ?

— J'ai l'air de ressembler à ces brutes épaisses ?

Je le dévisageai de haut en bas et éclatai de rire.

— Quoi ?

— Ce costume noir et votre air peu commode, laisseraient penser que vous pouvez effectivement être l'un d'entre eux.

Outré, il se rapprocha de moi, ce qui me poussa à faire un mouvement de recul contre la rambarde. J'étais piégée.

— Chère demoiselle…

— Madame ! Je précise que je suis mariée.

Il s'arrêta une seconde et semblait regarder la bague que je lui montrais avec une légère pointe de déception.

— Madame, malgré cet accoutrement que vous jugez stéréotypé, vous êtes loin du compte.

— Ah oui ?

— En tout cas, cela ne m'empêchera pas de vous mettre dehors si vous ne me montrez pas votre invitation. Dit-il d'un ton joueur.

Dois-je le prendre au sérieux ? Lui qui est à deux centimètres de ma personne, son visage dangereusement proche du mien et dont l'odeur d'eau de Cologne m'envoûte malgré moi.

— Si vous voulez on peut aller voir Églantine CHAPPAZ ? répondis-je avec provocation.

 Ses traits sévères se détendirent.

— Très bien ! Je vois qu'on sait se placer.

 Je ne compris pas sa remarque. Soudain, l'homme recula légèrement et m'invita à le suivre.

— À votre service Madame. Madame comment d'ailleurs ?

— Lonzac ! L-O-N-Z-A-C ! épelais-je avec malice.

— Suivez-moi Madame L-O-N-Z-A-C, si vous ne voulez pas encore vous perdre.

 J'acquiesçai et marchai derrière lui, tout en maintenant une certaine distance. Quelques mètres plus loin, à un nouveau croisement, je reconnus l'entrée de la salle. L'homme en noir me laissa passer devant, et avant même que je puisse le remercier, il disparut.

— Ah te voilà enfin Nora ! s'écria Églantine tenant sa veste à la main.

— Oui désolée, j'étais au téléphone avec mon mari et…

— Ne t'inquiète pas, on se dépêche car je n'en peux plus. Je cours partout depuis tout à l'heure et j'ai hâte de filer afin que nous puissions enfin profiter de notre soirée.

 Le conducteur qui m'avait déposée, nous attendait toujours dans sa Mercedes gris métallisé, devant le palais de Krêne.

— Robbie, emmène-nous au *Sanctuaire des Reines* s'il te plaît.

Le jeune homme blond s'exécuta, et referma la petite vitre automatisée qui nous séparait de l'habitacle.

— Tu vas voir, c'est génial. Et si tu es motivée, on pourra même aller danser au *Kawaï* qui se trouve juste à côté.

— Tu participes souvent à des journées de ce genre ? Car, avec ta famille cela ne doit pas être simple pour toi.

— Mes enfants sont grands ; j'ai deux garçons : l'aîné à vingt-deux ans et le deuxième vingt ans, ils étudient à l'étranger. Un au Japon et l'autre aux États-Unis. Et mon mari mène une vie qui est aussi active que la mienne. Du coup, j'ai moins de responsabilités personnelles qu'auparavant. Donc je sors et j'aime profiter de loisirs après le travail.

— Mais quel âge as-tu ? Excuse-moi de te demander ça… car tu fais vraiment très jeune.

— À ton avis ?

— Pas plus de trente-cinq ans.

— Merci Docteur Posage. En fait j'ai quarante-deux ans. Bientôt quarante-trois. Nous avons de très bons gènes dans la famille.

— Je vois ça. Je n'en reviens pas.

Les quelques instants de silence dans l'habitacle qui s'en suivirent, me firent repenser à ma découverte de toute à l'heure concernant Henry. Je ne devais pas perdre le fil de mon enquête et essayer d'obtenir plus d'information de la part d'Églantine.

— Églantine ! J'ai encore beaucoup de zones d'ombres que je souhaite éclaircir avec toi concernant mon arrière grand-père…

— On va en reparler je te le promets, c'est aussi pour ça que tu es ici, mais là j'ai un grand besoin de me vider la tête. Ah tiens, en plus nous voilà déjà arrivées ! lança-t-elle avec enthousiasme.

Le *Sanctuaire des Reines* faisait référence à celles de l'Egypte ancienne. Les décors étaient pharaoniques. Les fresques murales donnaient l'impression de dîner dans une oasis, entourée de pyramides plus vraies que nature. Le serveur, en tenue d'esclave antique, nous installa dans la salle Néfertiti. Au centre de la pièce, on pouvait contempler le buste de cette splendide souveraine. Églantine m'expliqua que l'égyptomanie avait imprégné cette ville depuis des siècles. Des hiéroglyphes gravés à la feuille d'or avaient même été cachés dans les rues, à l'intérieur des fontaines, sur les trottoirs et dans divers autres endroits. L'office du Tourisme d'Alladax lançait d'ailleurs chaque année un concours, offrant un voyage à qui aurait trouvé les deux-cent-quarante-deux symboles disséminés dans toute la ville dans un temps imparti.

La soirée fut très agréable, les vins étaient capiteux et les mets fins savoureux. Églantine était joviale, espiègle et très sociable. Elle me faisait penser à Marina. J'avais l'impression qu'une complicité était déjà en train d'éclore entre nous. Nous abordions tous les thèmes. Elle était intéressée par ce que je faisais, mon passé, mon présent et mes aspirations à venir. Nous ne traitions que brièvement le sujet principal de ma visite, comme si, à cet instant précis, ce n'était pas l'essentiel. La soirée se termina dans la fameuse boîte de nuit *Kawaï*, où nous changeâmes radicalement d'univers, faisant un bon dans le temps. Nous dansions sous les projections de lumières de toutes les couleurs, au son des rythmes entêtants de tubes coréens que je n'avais jamais entendus, et dont je ne connaissais même pas l'existence.

Vers une heure du matin, sur le chemin du retour, Églantine encore un peu ivre, la tête posée sur mon épaule, commença à somnoler.

— Je trouve que nous avons passé une super soirée ! Tu es extra Nora. On forme une belle équipe. Elle va être ravie de te rencontrer.

L'esprit légèrement brumeux, je ne saisissais pas le sens de sa phrase.

— Mais de qui parles-tu ?

— Oh oui, ça m'était complètement sorti de la tête, demain je voudrais te présenter quelqu'un. Je veux parler de ma mère. Je t'enverrai son adresse et l'heure du rendez-vous par sms.

— Ok !

— Comme ça tu comprendras toute l'histoire.

— L'histoire ?

— Bah oui, l'histoire ! Le pourquoi du comment de Joseph etc.

Je ne compris pas vraiment ses explications bien vagues, mais je mis ça sur le compte de l'alcool qui m'embrumait peut-être encore un peu l'esprit.

À l'arrivée à l'hôtel, Robbie m'ouvrit la porte et me salua poliment tout en me souhaitant une bonne nuit.

Je ne savais pas où je me trouvais, mais je ressentais ses mains agiles parcourir tout mon corps. Il me plaqua contre un mur et me souleva de ses deux bras musclés. Je ne portais qu'une robe légère dont les bretelles ne cessaient de tomber, laissant apparaître ma poitrine bombée qu'il se délecta à embrasser frénétiquement. Une brume de pluie humidifia nos corps déjà en transe. Lui était toujours vêtu de son costume sombre, que j'arrachai violemment lorsqu'il me reposa au sol. Je contemplai son torse d'apollon tatoué que je venais de dénuder et je le griffai jusqu'au sang. Il gémit de plaisir, et me contempla avec l'intensité de ses grands yeux sombres. J'étais à lui. J'étais sa chose. Je le craignais et le désirais à la fois. Il s'approcha de mon visage, enleva ma robe et écrasa passionnément sa bouche contre la mienne. Sa langue experte explorait mon corps en me caressant jusqu'au nombril, puis descendait doucement vers mon bas-ventre, jusqu'à atteindre le point de mon intimité, ce qui me procura une immense jouissance telle que je n'en avais jamais encore connue...

Dans un sursaut, je sortis de mon rêve très bouleversée.

Lorsque je fus complètement éveillée, je décidai d'aller courir une nouvelle fois dans le parc, afin de me remettre les idées en place et d'effacer de ma mémoire certaines images peu convenables. J'empruntai le même chemin que la veille, et m'extasiai encore une fois devant le panorama féerique déployé sous mes yeux.

Au fur et à mesure que je courais, je distinguai au loin une silhouette qui me semblait familière. Cet homme s'approchait de moi en petites foulées, et arrivé à mon niveau, il m'interpella.

Est-ce un mirage ? Ou est-ce que je rêve encore ?

L'homme avait troqué son costume sombre, pour un short noir et un débardeur gris clair laissant apparaître ses avant-bras totalement tatoués. Il semblait lui aussi être surpris.

— Est-ce que vous me suivez ? m'interrogea-t-il.

Je m'arrêtai à son niveau, essoufflée, et retirai mes *AirPods* de mes oreilles.

— C'est peut-être vous qui étiez en train de me suivre, Monsieur l'agent.

Il s'épongea le visage avec son débardeur, ce qui dévoila une musculature parfaite. Je me sentis rougir.

Pense à autre chose, concentre-toi ma vieille.

— Qu'est-ce que vous faites là ? demandai-je en reprenant mes esprits.

— Je travaille à côté et j'ai l'habitude d'aller courir pendant ma pause.

— Ah très bien, mais que faites-vous dans la vie ?

— Si je vous le disais je devrais vous tuer...

Je ne sus quoi répondre, choquée.

— Vous êtes bon public à ce que je vois, c'était une bien vilaine blague.

— Si vous étiez vraiment agent secret, vous auriez grillé votre couverture en deux secondes à cause de votre réplique cinglante. Ce n'est pas très malin !

— Touché ! Mais avec ce type de réplique, on n'est pas obligé de penser seulement à ce genre de métier. Enfin bref. Vous êtes en forme à ce que je vois.

Est-ce un compliment ?

— Merci ! Je cours depuis au moins douze ans. J'adore ça. Mais ça reste récréatif plutôt que compétitif.

— Je comprends. Certaines personnes évitent d'être confrontées à l'échec. Pourtant c'est formateur et c'est de cette façon qu'on progresse.

— Eh bien je fais partie des lâches alors.

— Ce n'est pas ce que j'ai voulu dire. Excusez-moi. Je suis assez taquin avec les individus intéressants. J'aime le contact verbal, ou autre si on m'y invite. Comme apparemment le destin se joue en notre faveur depuis hier, seriez-vous libre ce soir pour prendre un verre en ma compagnie ?

Il me drague ?

— Je suis occupée ce soir, désolée.

— Alors demain ? Ou après-demain ?

— Je suis venue ici pour une chose précise et je ne connais pas encore vraiment mes disponibilités, cela ne dépend pas forcement de moi. Je sais seulement que je vais quitter Alladax dans deux jours pour retourner en France.

— Oh c'est vraiment dommage, j'aurais aimé voir ce que d'autres échanges auraient pu donner… Enfin ! Vous êtes mariée et je vous respecte donc, c'est d'ailleurs probablement plus raisonnable.

En entendant ces mots, je ne savais plus où me mettre.

— Bon, je vous laisse alors. Dis-je en remettant mes écouteurs.

— Peut-être à bientôt, si le hasard nous joue encore des tours.

Je le regardai s'éloigner et disparaître de ma vue en quelques secondes. Encore troublée par ce rêve et cette rencontre, je repris ma route avec une sensation bizarre que je ne saurais décrire.

De retour dans ma chambre, un sms d'Églantine s'inscrivit sur l'écran de mon téléphone.

Coucou Nora,
Robbie mon chauffeur t'attendra au pied de ton hôtel à
15h précises.
À tout à l'heure,
Églantine

Ce message laconique ne me rassurait guère, m'attendant plutôt à avoir une indication sur le lieu de rendez-vous.

15 heures 20

— Oh mon Dieu ! Mais on est où ?
Robbie resta silencieux, concentré sur le chemin à suivre.
De la voiture, j'observais un magnifique jardin à l'anglaise qui entourait un palais. Il se trouvait au centre d'une immense forêt, où la nature frivole reprenait ses droits, contrebalançant le cadre végétal plus géométrique et ordonné du centre-ville.
Cet ensemble monumental, était constitué de différentes galeries couvertes et de portiques voûtés, donnant sur une cour centrale en péristyle. Le chauffeur stationna la voiture sur le côté de la bâtisse. Là, se tenait le personnel de maison, majoritairement en uniforme.
C'est quoi tout ce mystère ?
— Madame ! Je sais que c'est un peu étrange, mais je vais vous expliquer la marche à suivre… m'annonça Robbie toujours dans le véhicule.
Après ces quelques directives qui me maintenaient néanmoins dans un flou agaçant, j'exécutai malgré tout, les consignes, à commencer par celle qui consistait à emprunter une porte dérobée près des cuisines du palais. À l'intérieur, une vraie fourmilière s'activait. Personne ne fit attention à moi. Les brigades accaparées par leurs tâches, ne se rendaient pas compte de l'arrivée éventuelle d'un nouveau membre de l'équipe. Je passai donc inaperçue. Derrière cette porte, un petit couloir se terminait par une épaisse tenture bleu nuit. En la soulevant légèrement, je vis Églantine qui m'attendait patiemment.

— Ah te voilà !

— C'était un passage secret ? Et pourquoi je suis ici ? Pourquoi tant de discrétion ?

— Il y en a plein ici. Suis-moi, on va en prendre un autre. Quant au pourquoi tu es ici, ta chandelle sera bientôt éclairée.

Nous traversâmes bon nombre de pièces et de passages étroits, avant d'arriver devant une porte sans ornement, toute simple comparée à toutes celles que nous venions de franchir.

Face à elle, Églantine se retourna et me fit signe d'être attentive.

— Tu vas rester derrière moi et faire exactement ce que je ferai lorsque nous rentrerons dans le petit salon. Tu ne pourras t'asseoir que lorsque tu seras conviée à le faire.

Je la suivis sans comprendre, jusqu'à une autre pièce où était installée une femme d'un âge plutôt avancé, voire très avancé. Églantine s'approcha d'elle et se pencha comme pour faire une révérence. Elle me fit le signe de la rejoindre et de faire la même chose. Ce que j'expérimentai avec maladresse.

La vielle dame assise sur un des fauteuils du petit salon, était vêtue d'un ensemble prune très conventionnel, elle m'observa à travers ses lunettes rondes d'une façon presque émerveillée.

— Nora, je te présente la Princesse, Anne-Lize d'Alpini !

La bouche ouverte, pétrifiée, je manquai de m'évanouir.

9

L'enfant volé

Palais Royal de Bright Hall

— Nora, je suis désolée d'avoir dû te mentir. La Princesse n'est pas ma mère, mais, en ma qualité d'assistante personnelle elle m'a confié la délicate mission de te retrouver.

Deux paires d'yeux m'observèrent avec intérêt, tandis que j'essayais de comprendre ce qui était en train de m'arriver.

— Bienvenue Nora ! Merci d'être là. Annonça la Princesse d'une voix pleine d'émotion.

Je fis une révérence maladroite, avant de m'installer sur le sofa qu'elle me désigna de sa main gantée.

Églantine m'apporta un verre d'eau que je bus d'une traite, afin d'hydrater ma gorge sèche toujours paralysée par l'émotion.

— Vous vous demandez certainement où nous sommes et pourquoi vous êtes là ? Nous sommes au Palais de *Bright Hall* et ici dans l'ancien cabinet de mon père. À côté, se trouve l'endroit où sont conservées nos archives privées. Peu de personnes viennent ici, hormis le conservateur et son assistant. Mais ils sont absents, nous serons donc tranquilles.

Face au sofa, sur une table basse assez large, étaient disposées plusieurs documents : des registres, des photographies, des actes etc.

— Veuillez m'excusez Madame, euh, votre altesse, mais je suis totalement perdue.

— Nora, regardez bien le premier registre qui est devant vous.

Un silence régna quelques instants dans la pièce, me laissant en prendre connaissance, avant que la souveraine ne finisse par reprendre.

— Il s'agit de celui tenu par la cheffe intendante, qui a assisté mes parents de 1876 à 1901. Vous pouvez voir en premier lieu, la liste des hommes et femmes recrutés à cette époque et leurs rôles au sein du palais. C'est là que nous avons retrouvé la trace de Julienne-Mélanie Favre, qui a occupé le poste de femme de chambre, de 1895 à 1898. Dans la suite du registre, généralement, la cheffe intendante notifiait sous la forme d'une petite synthèse journalière, les effectifs du jour, les tâches réalisées et les observations particulières dont elle avait connaissance. Nous avons également retrouvé dans nos archives, une collection de journaux médicaux tenus par le médecin qui résidait au palais. Dans les cas d'accouchement, il indiquait le nom de la sage-femme à qui il avait fait appel, et rapportait en son nom ce qui s'était passé pour chaque naissance et les personnes présentes. Nous avons donc un récit assez précis, des circonstances de la naissance de votre arrière-grand-père.

— Comment ? Mon arrière-grand-père serait né ici ?

Églantine me fit signe de me taire, afin de laisser la Princesse continuer son explication.

— Au même titre que les communes républicaines tiennent des registres de délibérations, nous possédons le registre des comptes rendus des réunions des conseillers princiers. Nous avons pu retrouver une trace des décisions prises concernant l'enfant, non pas dans les registres officiels, mais plutôt dans les registres officieux.

Notamment ceux de séances privées, ou bien dites « secrètes ». Il a été plutôt difficile de les trouver, car ils avaient été cachés et scellés. Cependant mon conservateur est assidu et sa persévérance a fini par payer. Cela a permis de légitimer les dires du testament parallèle qui fut rédigé par ma mère.

Mes idées se mettaient en place progressivement, fascinée par ce que j'avais sous les yeux. Un membre de ma famille... mon sang… mes gènes…, mon ADN…, la preuve de cette filiation commençait à se dessiner devant moi. Mes yeux se tournèrent ensuite vers les quelques photographies qui confirmèrent une ressemblance frappante, entre Hector Ier et Henri.

— Oh mais c'est incroyable ! Lorsque l'on met ces deux hommes côte à côte, on a l'impression de voir presque des jumeaux. Pourtant, lorsque j'ai pu croiser le portrait ou les représentations du couple royal, je ne m'en rendais pas compte. Mais là, c'est flagrant.

— D'où mon soulagement, lorsque vous nous avez envoyé la photographie d'Henri. Ajouta la souveraine en contemplant d'autres iconographies qu'elle me tendait.

— Sommes-nous cousin ? Mon père était-il un parent proche ? Qui était-il par rapport à vous ?

— Tout va devenir plus limpide, ne nous inquiétez pas. Il y a d'autres portraits qu'Églantine va vous montrer, et qui sont conservés dans un magasin spécifique caché derrière la bibliothèque. Je suis navrée de ne pas pouvoir vous y accompagner, mais comme vous pouvez vous en douter, avec mon grand âge, mes jambes ne sont plus aussi fiables qu'avant. Je vacille entre la chaise roulante et la canne.

Églantine s'approcha de la Princesse, fit de nouveau une révérence et m'incita à faire de même, avant de me faire signe de la suivre jusqu'à la bibliothèque où elle déclencha un mécanisme qui la fit pivoter.

À l'intérieur de cet endroit qui était bien plus grand que ce que je pouvais imaginer, se trouvaient des rayonnages et des meubles à plan et à tringles, dans lesquels étaient conservés : peintures, lithographies, affiches, dessins et photographies ; mais également, accessoires sous vitrines sécurisées, tels que des bijoux et des diadèmes.

— Voici un des portraits que nous voulions te montrer. Me dit-elle en tirant un des tiroirs d'un meuble à plan coté et numéroté.

En le contemplant je fus subjuguée, car là non plus ça ne m'avait pas sauté aux yeux.

— Mais, mais…

— Tu vois, lorsque je t'ai vue j'ai tout de suite su. *A contrario* ton arrière-grand-père ressemblait beaucoup à son père. Mais toi, on ne sait par quel mystère tu as les traits d'Apolline au même âge. Son regard, c'est le tien. Ça nous a bouleversée. Même si j'ai dû minimiser ma réaction lorsque je t'ai rencontrée pour la première fois.

— Et là encore, puis là encore… ajouta Églantine en me faisant découvrir d'autres photographies.

— Ouah ! Donc toute cette histoire est loin d'être une coïncidence.

— Ça c'est sûr, et c'est pour cela qu'il faut que l'on t'introduise au plus vite dans le cercle princier.

— Quoi ? criais-je de surprise.

La Princesse but une gorgée de thé au moment où me je réinstallais devant elle.

— Pour comprendre le contexte de tout ceci, je vais vous conter une histoire ; celle de mes très chers parents… qu'ils reposent en paix, et celle de ce Prince et de cette

Princesse qui ont participé à la refonte de l'image de la principauté que vous contemplez aujourd'hui. Je ne suis plus toute jeune, comme vous pouvez le remarquer. J'ai cent trois ans. Ma mère, Apolline, était Duchesse de Beauregard, un territoire situé au sud-est d'Alpini. Mon père, le jeune prince Hector, Valentin, Brenne d'Alpini, était l'enfant rêvé et malheureusement l'unique, du roi Philibert II et de la Princesse Isabella-Iphigénie d'Alpini. Depuis des générations, on ne sait pourquoi, mais les souveraines d'Alpini ont eu énormément de difficultés à concevoir des enfants viables. Et surtout des garçons. Malédiction ? Résultat du pêché de l'une d'elles ? On ne le saura jamais. Ma mère, à ses treize ans, rencontra mon père de huit ans son aîné lors d'un bal. Elle m'a toujours dit qu'elle avait vécu un véritable conte de fée ce soir-là. À cette époque, la différence d'âge ou la maturité sexuelle ne rentraient pas en ligne de compte et ne choquaient personne. Cette rencontre, certes merveilleuse, fut entachée d'un malheur qui plongea soudainement le royaume dans l'incertitude et la fragilité. Mon grand-père, Philibert II, décéda subitement d'une crise cardiaque, laissant mon père régner prématurément. Il fut soutenu en premier lieu par ma grand-mère, mais elle tomba rapidement malade et mourut à son tour quelques mois plus tard. Mon père ne voulait pas endosser ce rôle si tôt et porter autant de responsabilités, seul. Il s'entoura donc d'un certain nombre de conseillers plus ou moins opportunistes. Et surtout, il s'attacha vite à ma mère. À peine une année plus tard, la très jeune fille qu'elle était, devint souveraine. Puis, au cours de sa quatorzième année, elle tomba enceinte.

Cent vingt-trois ans auparavant...

— Madame, poussez ! Poussez ! Vous allez y arriver... l'encourageait la sage-femme les mains ensanglantées.
La jeune Princesse installée au bout de son lit, les jambes écartées, hurlait de toutes ses forces, épuisée par l'effort constant qu'elle déployait depuis déjà plusieurs heures.
Une femme de chambre épongeait son front avec une petite étoffe et l'encourageait à son tour.
— C'est trop douloureux, je n'en peux plus, je n'y arriverai pas. S'écria-t-elle avec douleur.
Elle cramponnait d'une main l'un des barreaux du lit à baldaquin dans lequel elle était installée, et de l'autre, froissait les draps humides en les empoignant avec désespoir.
— AHHHHHHHHHHH !
— Encore une ou deux poussées s'il vous plaît.
La Princesse s'effondra sur le dos, hors d'haleine, tandis que la sage-femme reculait. Durant quelques instants, elle parut très inquiète. Elle fit alors un petit signe à la femme de chambre qui s'approcha du lit.
— Le cordon s'est enroulé autour du cou du bébé, si on ne le sort pas maintenant j'ai peur qu'il meure. Vous allez tenir les jambes de la Princesse pliées contre elle et maintenir sa tête. Il faut que la prochaine poussée soit la bonne.
La femme de chambre fébrile acquiesça et se mit en position. Elle souleva le buste de la jeune souveraine et seconda la sage-femme comme elle le put.
— AHHHHHHHHHHHHHHH ! s'époumona la Princesse.

— *C'est bon je l'ai, je l'ai ! s'écria la sage-femme en déroulant le cordon du bébé légèrement bleuté, qui n'émit aucun son.*

— *Pourquoi ne pleure-t-il pas ? interrogea Apolline essoufflée.*

— *Laissez-moi une seconde Madame.*

La femme de chambre prit un lange pour réchauffer le bébé, tandis que la sage-femme le tapotait légèrement pour le faire réagir. Elle lui nettoya le visage, le nez et la bouche. Au bout de quelques instants, l'enfant qui commençait un peu à reprendre des couleurs, se mit à crier.

La sage-femme soulagée, exécuta les derniers soins. Toujours secondée par la femme de chambre, elle coupa le cordon et s'occupa de la Princesse.

Quelques jours plus tard, le médecin du Palais, ausculta l'enfant qui semblait de nouveau en détresse. Lorsqu'il donna son diagnostic, il s'empressa d'alerter le Prince et la Princesse, sur l'état de santé de l'enfant né. Ce qui impliqua de réunir en urgence tous les conseillers princiers.

— *Cet enfant ne va pas bien. Il est chétif, pâle, il ne veut pas manger. Nous nous retrouvons confrontés une nouvelle fois à une possible mort prématurée. Annonça avec fatalité le médecin devant le comité du Prince.*

Les conseillers et le Prince se réunirent ensuite à huis clos, afin de prendre une décision. Le soir venu, le prince Hector informa sa jeune femme du verdict.

— *Ma chère, vous savez que notre fils ne va pas bien. Le médecin pense qu'il n'en a que pour quelques jours, ou peut-être même seulement pour quelques heures. La malédiction nous frappe de nouveau. Il serait préférable, selon mes conseillers, de confier l'enfant pour mieux nous préserver de cette effroyable perte, il conviendra alors d'annoncer au peuple que l'enfant est mort-né. Car selon nos coutumes et nos croyances, un enfant né, mais malade, annonce un règne bancal et une instabilité qui nous entraînera à notre perte. Si nous effaçons sa trace, cela pourra peut-être sauver notre famille et les générations futures.*

La Princesse ne pouvait concevoir cela mais elle se sentait acculée, de par son jeune âge et sa position, soumise à la décision de son Prince.

Avec déchirement, elle décida de confier les derniers instants de vie de son enfant à une personne de confiance, discrète et invisible. Elle choisit sa femme de chambre qu'elle considérait comme sa confidente. Apolline lui fit promettre de prendre soin du bébé jusqu'à la fin, et de le nommer Joseph. Il ne serait malheureusement pas possible lorsque ce petit être s'éteindrait, de le rapatrier dans le caveau princier auprès de ses ancêtres, afin d'éviter le déshonneur de toute la dynastie.

La femme de chambre, qui était un peu plus âgée que la Princesse, exécuta les ordres et retourna sur ses terres natales avec l'enfant, de l'autre côté de la frontière. De par son origine sociale, il ne serait pas problématique pour elle de se faire passer pour une fille-mère abandonnée au cours de sa grossesse.

Après quelques semaines, la Princesse, qui avait gardé contact avec sa servante, apprit la terrible nouvelle : la disparition de l'enfant.

— Ceci pourrait être la fin de l'histoire. Néanmoins, il n'en n'est rien. Durant vingt ans, la souveraine ne subit que des fausses couches. Après tous ces drames, elle réussit enfin à mettre au monde un enfant viable, ce fut moi d'abord, puis ma sœur cinq ans plus tard. J'étais donc préposée à régner sur cette principauté. À l'approche de sa mort en 1963, elle m'a révélé l'existence de ce frère éphémère que je n'ai jamais connu. Toutefois elle m'a expliqué aussi, qu'un jour, l'année de ma naissance, elle avait voulu se recueillir sur sa sépulture, comme pour exorciser son mal-être à cause de ses grossesses qui n'avaient jamais abouti. Après une enquête approfondie, et une tentative de recontacter cette fameuse femme de chambre, elle se rendit compte qu'aucune sépulture au nom de l'enfant n'avait été identifiée. Aujourd'hui il est très simple de retrouver une personne, mais en ces temps-là, il n'en était pas de même. Au fond d'elle, ma mère avait une étrange sensation. Sans demander l'avis de son mari, elle engagea des enquêteurs pour retrouver cette femme de chambre. Il s'avéra, qu'elle avait épousé un riche commerçant parisien, et quitté sa région natale. Lorsque ces hommes la retrouvèrent et l'interrogèrent, elle nia l'existence de l'enfant et de ce qu'elle avait pu faire dans le passé. Pourtant en la suivant à son insu et en fouillant ses affaires, les hommes trouvèrent bien la trace d'un fils. Cet enfant ne pouvait pas être celui de son mari puisqu'ils n'en n'avaient jamais eu. Donc, il devait être issu d'une précédente union. Deux éléments ont alors semé le trouble concernant l'identité de ce jeune homme. Son âge, qui semblait correspondre à l'âge qu'aurait eu Joseph s'il avait vécu, et son visage. Le jeune homme ressemblait fortement à mon père. Néanmoins, cette femme a réussi à détruire le peu de preuves qui pouvaient les rattacher à leur passé. Les deux enquêteurs missionnés ne sont jamais parvenus à retrouver ce jeune homme. Nous avons joué de malchance, car le peu d'éléments recueillis par les enquêteurs, notes, photos etc., a été détruit dans un incendie. Je n'ai jamais pu les voir, contrairement à ma mère, qui elle, au fond de son cœur croyait en la résurrection de son premier fils Joseph. Elle y croyait tellement, qu'elle a fait rédiger un testament parallèle, authentifié, dont j'ai pris connaissance à sa mort. Ce document restituait la couronne à celui qui en avait été privé et à sa descendance, dans le cas où ils seraient retrouvés et identifiés. Depuis tout ce temps, et notamment suite aux décès tragiques de tous les membres de ma famille en 2016, les recherches se sont intensifiées ; jusqu'à ce fameux test génétique qui nous a mis sur la voie, et aux informations que nous avons collectées plus ou moins légalement.

La souveraine sortit une photocopie qu'elle me tendit.

— C'est une copie du livret de famille de mon grand-père ! constatai-je abasourdie.

— Je suis navrée, mais j'ai dû faire fouiller votre chambre. Et mon équipe est tombée sur ceci, ce qui n'a fait que conforter notre ressenti. Nous avons également dû faire effectuer d'autres prélèvements ADN par le biais de vos effets personnels, pour consolider les résultats précédents.

— Ce qui veut dire ?

— Nora, la fameuse femme de chambre, qui a assisté la Princesse lors de son accouchement en date du 7 octobre 1898, selon nos archives, était Julienne-Mélanie FAVRE, à qui on a confié l'enfant. Henri était donc Joseph, mon frère aîné, ce qui fait de vous ma petite nièce. Lorsque nous avons constaté qu'il avait changé de nom, tout a pris sens. C'est pour cela que l'on n'arrivait pas à le retrouver. De plus, comme il ne s'est jamais manifesté auprès de sa mère, il était impossible de l'identifier puisque c'était notre seule piste. Aujourd'hui, le seul point que nous n'arrivons pas à éclaircir, est pourquoi ce changement de nom ? Tous ces éléments sont également corroborés dans le journal privé de ma mère, que l'on peut considérer comme un journal intime. C'est une ressource si précieuse ! Grâce à cela j'ai l'impression d'être toujours connectée à elle et à ses pensées. De ce que j'ai pu comprendre au fil des lignes que j'ai lues, c'est cette impression de perte et de vol de cet enfant qu'elle n'a que peu connu, et qu'on lui a finalement enlevé malgré elle. Cela lui a provoqué un véritable traumatisme, et même si elle a fini par avoir deux autres enfants, elle ne s'en est jamais remise.

Abasourdie par ce que je venais d'entendre, je ne sus quoi répondre. Une angoisse m'envahit en tentant de remettre en ordre mes idées confuses et de rassembler les pièces d'un puzzle très complexe que l'on venait de m'apporter. La sidération bloqua toute ma logique et sans forcer davantage je sortis ces mots :

— Je ne peux pas vous aider. Seul peut-être mon père, aurait des informations sur ce changement de nom.

— Je suis d'ailleurs désolée pour lui, en réalisant une investigation sur vous, nous avons pris connaissance de sa maladie.

— Vous avez enquêté sur moi ? m'écriai-je entre stupéfaction et colère.

— Je le devais, l'enjeu est trop important.

— Je suis embrouillée par tout ce que vous me dites.

— C'est bien normal Nora.

— Quel est l'enjeu ?

— Peut-être qu'il faut attendre que vous assimiliez tout ce que je viens de vous révéler avant de vous dévoiler la suite ?

Je me levai soudainement du sofa sur lequel j'étais assise, et fis les cent pas dans la pièce. Tandis qu'Églantine refaisait son apparition en poussant un petit chariot sur lequel se trouvait une nouvelle théière fumante, des tasses et des mignardises.

— Nora, est-ce que ça va ? demanda Églantine en prenant la théière.

— Je ne sais pas, je ne sais plus, je…

— Veux-tu ajourner ce rendez-vous ? Nous pouvons reprendre demain.

— Non ! Non ! Dites-moi d'abord quel est l'enjeu ?

Après un léger silence, la Princesse reprit :

— Eh bien, je suis plus proche de la fin de ma vie, que du début. J'ai tenu ces dernières années avec l'espoir d'avoir le fin de mots de l'histoire en retrouvant cet héritier déchu.

Je continuai à déambuler, tentant d'éclaircir mes pensées face à la Princesse qui me suivait du regard.

— Être héritier c'est aussi porter sur les épaules le poids d'un passé qu'on n'a pas forcément voulu chère enfant. De mon côté, mon devoir est de sauver notre lignée en légitimant ce qui doit l'être et en remettant l'avenir de notre lignée dans les mains de la bonne personne.

— La bonne personne ? répétai-je doucement d'un ton hésitant.

— Nora, comprenez-moi bien, lorsque le moment sera venu, je souhaite que les choses se remettent en place et que vous me succédiez. Vous êtes l'héritière légitime de la couronne !

À ces mots, ma tête se mit à tourner, mon corps tout entier vacilla, et je sombrai dans l'inconscience.

Quelques heures plus tard,

Allongée dans un lit d'une chambre qui m'était inconnue, je repris connaissance. Je levai mes yeux en direction d'Églantine avec incompréhension.

— Nora ! C'est moi Églantine.

— Où suis-je ?

— Dans ma chambre. Nous t'avons ramenée avec Robbie. Si besoin, on peut faire venir un médecin pour vérifier que tout va bien.

— Je crois que ça va aller. J'ai juste fait un drôle de rêve, où je rencontrais la Princesse. Dis-je en maintenant mon front d'une main.

Églantine esquissa un petit sourire en m'aidant à m'adosser à la tête de lit.

Je la scrutai avec incompréhension.

— Nous avons peu de temps… notre célèbre cérémonie des sceaux aura lieu demain soir.

Toujours aussi confuse, je demandai :

— De quelle cérémonie tu parles ?

10

La cérémonie des sceaux

Je me réinstallais sur le canapé face à la vieille dame, légèrement moins étourdie mais encore fébrile. J'étais toute coite.

— Nora, comprenez-vous maintenant ce que vous représentez à nos yeux ? C'est pourquoi nous devons vous introniser lors de la cérémonie des sceaux. Cela vous accordera légitimité et protection.

— Pourquoi parlez-vous de protection ? Et qu'est-ce que c'est cette cérémonie ?

— Pour comprendre l'importance de cette cérémonie, nous devons d'abord vous conter l'histoire de notre famille, à travers celle de ce petit État qu'on appelle Alpini.

Ce cœur de glace, était considéré comme un comté au XVIIIème siècle. Un comté qui a été cédé, durant ce que l'Histoire retient sous le nom de « la guerre de la quadruple alliance », par une dynastie européenne, la Maison de Savoie. Le souverain de cette époque, Victor Amédée II, a préféré se séparer d'un comté dont le territoire avait été fragilisé par treize ans de conflit. Et c'est à ce moment-là, qu'une grande famille, celle d'Alpini, s'y est installée pour en faire une Principauté à part entière, notamment lorsque le prince Côme Ier en fit sa résidence. Cette famille venant du duché de Lorraine, était immergée dans une monarchie plutôt héréditaire. Mais les révolutions européennes les ont incités à donner davantage de pouvoir au peuple et à lui accorder une constitution. Puis vint Philibert II, mon grand-père, qui, le premier, donna à la principauté sa physionomie actuelle. Il a fondé cette monarchie constitutionnelle avec un pouvoir civil élu au suffrage universel et un Parlement. Quant à mon père, Hector Ier, il a réussi à maintenir le royaume comme un petit état neutre et indépendant, notamment pendant les guerres mondiales. La succession fut le point le plus délicat, puisque malgré la malédiction qui touchait notre lignée, la principauté avait institué la primogéniture intégrale mâle. Cependant, ignorant l'existence d'Henri, la lignée des princes d'Alpini semblait vouée à l'extinction. Cela signifiait qu'en vertu des règles en place, la Principauté devait retomber dans les mains d'une lointaine branche familiale de Lorraine ; ce que mon père ne pouvait concevoir. C'est aussi cela, qui avait incité ma mère, à établir ce fameux testament parallèle, incluant ton grand-père. Modifier la constitution n'a pas été une mince affaire. C'est pourquoi, un ordre spécifique fut créé avant la mort de mon père, et c'est grâce à cet ordre que j'ai pu accéder au trône. Cet ordre est constitué de membres proches de la couronne, provenant des grandes familles de la noblesse d'Alpini. Ils sont appelés les gardiens des sceaux, ou nos grands administrateurs. Ils ont permis la modification de la constitution. Je suis donc devenue Princesse à la tête de ce territoire en 1964, juste après la disparition de mon père. Et depuis, ce comité, se réunit plusieurs fois par an, et joue un grand rôle dans la stabilité de cette monarchie. C'est pourquoi il est essentiel que nous levions le voile sur l'histoire de ce second testament, et sur vous devant ces membres.

— Attendez ! Attendez ! Attendez deux minutes ! dis-je en me levant d'un bon.

J'hyperventilais et tentais de me calmer en faisant les cent pas autour de la pièce.

— Mais je ne veux pas forcément de cette place... cette phrase s'échappa soudain de mes lèvres sans que je ne m'en rende compte. Moi je n'ai rien demandé et je ne suis personne ! Je ne fais pas partie de votre monde, trop de temps s'est écoulé et vous voulez me projeter sur le trône ? C'est inimaginable, surréaliste et à vrai dire je pense que ce n'est pas vraiment ma place ni ma destinée.

— Calmez-vous mon enfant, reprenez votre souffle et venez-vous rassoir. Ordonna la Princesse avec une autorité naturelle. Je comprends votre réaction, mais je vous demande d'y réfléchir. La situation est, du reste, problématique, notamment concernant votre sécurité.

Je fronçai les sourcils, légèrement agacée de ne pas encore tout comprendre tout en me ressaisissant quelques peu au moment de me rassoir.

— Notre testament actuel, que nous souhaitons invalider, entérine le fait que : si aucun héritier légitime est encore en vie à la mort du souverain ou de la souveraine, le trône sera donc légué à la personne la plus proche de la famille, ayant scellé une union officielle et sacrée avec l'un des membres de la lignée. La seule personne qui a survécu au crash dans lequel tous les héritiers potentiels se trouvaient, était mon beau-frère. Franklin, Duc de Palissis, qui, lui, n'était pas dans l'avion. Il n'avait pas pu les accompagner suite à une obligation de dernière minute.

— Il est donc l'héritier par alliance. M'expliqua Églantine, assise à mes côtés.

— Et bien donc, voilà, vous avez la solution !

— Vous ne savez pas qui est cet homme, lâcha la Princesse d'une voix cassante.

— Il a épousé ma sœur il y a une trentaine d'années. Cette grande différence d'âge entre eux n'avait rien de rassurant. Vous imaginez les convoitises que notre statut suscite ? s'indigna la souveraine avec un rictus amer. Ma sœur avait soixante-huit ans et lui trente-neuf ans.

— Ah oui, effectivement !

— Vous vous doutez bien que cet homme était loin de faire partie de notre milieu. En tout cas, c'est ce qu'on a découvert *a fortiori*. Il avait obtenu le titre de Duc, lors d'une précédente union avec une femme bien plus âgée que lui, déjà. Toutefois, il est devenu rapidement veuf. Et endetté. Ça aussi, nous l'avons appris bien plus tard. Ma sœur était très éprise de ce dandy aux poches vides, qui se montrait également très insistant dans sa volonté de s'impliquer dans les prérogatives princières. Elle m'a donc suppliée de lui trouver un poste. Cependant, vous comprenez bien qu'on ne place pas n'importe qui dans notre *firme,* afin de nous protéger et qu'il n'y ait pas de conflit d'intérêt, notamment lorsqu'il s'agit des finances de la couronne. Toute décision de cette nature est débattue avec nos conseillers. La seule alternative qui a abouti à consensus général était de lui confier un rôle de représentation, notamment auprès des nombreuses associations et œuvres caritatives auxquelles nous apportons notre soutien depuis des années. Au fil du temps, il a aussi compris que nous avions quelques difficultés de trésorerie. En effet, nous avons longtemps subi une période de crise importante. Notre train de vie est depuis des siècles couvert par une dotation princière, mais une réforme constitutionnelle, adoptée au cours de la seconde guerre mondiale, a limité celle-ci. Malgré notre neutralité, il a fallu participer à l'effort de guerre, pour pouvoir faire face en cas d'attaques. Ceci nous a contraint par la suite, à obtenir d'autres sources de revenus, et à emprunter pendant des décennies. Le Duc a profité de cette forme de vulnérabilité, pour nous vendre les mérites d'une personne tierce, son neveu, qui selon ses dires était un financier d'exception. Un redresseur de « société » en crise. De prime abord, son pédigrée était impressionnant. D'après nos vérifications, il aurait été au service de grands noms de l'industrie et également auprès de familles princières du Moyen-Orient. Il travaillait la plupart du temps en Suisse. Il avait donc de solides compétences en termes de fiscalité et de comptabilité. Après le consentement de tous nos conseillers, nous lui avons donc proposé la fonction de trésorier. Il s'est occupé des comptes de la principauté pendant une quinzaine d'années, jusqu'à sa disparition il y a maintenant plus d'un an. Il s'est littéralement volatilisé dans la nature, mais nous nous y attendions d'une certaine manière, même si au départ nous n'avions rien à lui reprocher, car les premières années, il avait réussi à redresser la situation et à remplir de nouveau les caisses. C'est ce qui a fait que nous lui avons accordé toute notre confiance, en lui cédant les rênes sans nous attarder davantage sur ce qu'il faisait. Cependant, il y a quelques années, un audit interne a révélé des incohérences et des transactions étranges. Il a nié toute implication dans ces dysfonctionnements, et nous avons décidé de le faire surveiller, ainsi que le Duc, qui nous l'avait chaudement recommandé au départ. Les investigations sont toujours en cours, mais nous ne sommes pas dupes. Franklin est lié à cette affaire, et il en est même l'instigateur. Ce n'est pas un homme honnête et il est hors de question qu'il monte sur le trône lorsque je disparaîtrais.

— J'entends cela… mais vous ne pouvez pas simplement le destituer de son statut afin de l'écarter ?

— Rien est simple ma chère. Nous sommes coupables d'avoir fait entrer le loup dans la bergerie. Il a su charmer son monde et se faire intégrer, lui et son neveu dans les milieux convoités et influents. Il n'est donc pas facile de l'écarter et de le renvoyer simplement. De plus, un contrat de mariage avait été rédigé et signé, lui permettant de conserver tous ses titres et fonctions, même après la mort de ma sœur. Comme dit l'adage, l'amour rend aveugle et ma pauvre sœur s'est faite éhontement manipulée par ces deux acteurs. Entre ça, le manque de preuves concrètes de leurs malversations, le testament actuel et le soutien de poids dont le Duc bénéficie, nous sommes face à une voie presque sans issue. Malgré ces éléments qui entravent nos tentatives pour le destituer, nous essayons de tout faire pour qu'une commission d'enquête parlementaire soit lancée contre lui. Mais vous, vous pouvez peut-être changer la donne et accélérer le processus.

— Je ne vois pas comment ? Et de plus comme je vous l'ai dit, je ne sais pas si je veux avoir une telle charge que je n'ai pas demandée.

— Comme je vous l'ai précisé, vous aurez le choix. Si vous ne souhaitez pas cette fonction, l'héritier légitime pourra selon la constitution dissoudre la principauté, pour que cet État devienne ensuite une république.

— Alors pourquoi ne pas le faire vous-même ?

— Je ne peux pas. Je le dois à ma mère. Il faut que j'honore sa volonté pour que nous soyons toutes les deux en paix. C'est le plus important et mon vœu le plus cher avant mon départ. Elle croyait en l'existence de son fils aîné et à sa digne descendance. Si vous acceptez de jouer ce rôle, la boucle sera bouclée.

— Et en ce qui concerne ma sécurité ?

— Si Franklin se doutait de quelque chose vous concernant, je sais de quoi il serait capable. Il sait bien évidemment pour le testament initial, et l'enjeu que ça implique pour son élévation sociale. Un menteur, gigolo, roturier qui devient prince, c'est ce qu'il cherche à tout prix. Et je le refuse. D'où la nécessité de vous donner une visibilité et une place dans notre cercle ; car il aura moins de marge de manœuvre, et nous pourrons ainsi le contrer.

— Je souhaite un peu de temps pour réfléchir à ça et faire le point.

— Cela est compréhensible, mais malheureusement du temps, nous n'en n'avons que très peu.

— J'ai besoin d'en parler à mes proches.

— Je suis désolée, mais vous ne pouvez pas. En tout cas, pas tout de suite, c'est aussi pour préserver les membres de votre famille.

— Je ne peux vraiment pas en parler au moins à mon mari ? Il doit être fou d'inquiétude ! Ou même mon père ? Il a l'air d'en savoir plus qu'il n'en dit. Je ne peux pas prendre une telle décision seule comme ça ! Ça engage mon mari, ma fille…

— Je vous en prie Nora ! Croyez-moi c'est mieux ainsi ! La situation est bien trop délicate. Si cela venait à se savoir nous craignons pour vous et votre entourage.

— J'ai l'impression d'être acculée… puis-je au moins rentrer à l'hôtel et vous donner ma réponse ce soir ?

— Très bien, faisons cela. Toutefois je vous en prie, pensez à votre arrière-grand-père et à cette lignée qui mérite de retrouver ses lettres de noblesse.

— J'ai juste besoin d'un peu de temps.

Je quittai finalement les lieux, songeuse et perdue, Robbie m'attendant patiemment au même endroit. Face à la portière, je m'immobilisais quelques secondes car une drôle d'impression me gagnait tout à coup, celle d'être observée. Mon regard dévia et fut happé par une silhouette qui semblait m'épier d'une des fenêtres du premier étage. C'était celle d'un homme. Robbie qui attendait à mes côtés, me somma de rentrer rapidement dans le véhicule, ce que je fis sans attendre.

De l'autre côté de la vitre, Franklin, Duc de Palissis, portable vissé à l'oreille dicta ses ordres avec autorité.

— Je veux absolument tout savoir sur cette jeune femme. Vous allez la suivre et obtenir ce qu'il me faut pour que l'on puisse intervenir rapidement.

Il raccrocha d'un air soucieux, et sortit un paquet de cigarettes rangé dans un des tiroirs de son bureau. Il en alluma une, inspira longuement la fumée tout en écrasant avec férocité le reste du paquet.

Si elles croient m'avoir comme ça…. Elles vont voir ces sottes, on ne joue pas avec le futur prince d'Alpini.

De nouveau dans la suite que j'occupais depuis quelques jours, je fis les cent pas de long en large ressassant les dires de la souveraine, sans parvenir à une décision claire. Je pris mes baskets rangées au fond d'un de mes bagages et allai courir dans le parc comme j'en avais pris l'habitude, mais cette fois-ci je sortis sans musique. L'air était plus frais, le ciel légèrement voilé, était à l'image de ce qui se passait dans ma tête. J'accélérai mes foulées au point d'en perdre haleine et de me déclencher un point de côté. Mais malgré la douleur je continuai sans relâche, en accentuant ma respiration afin de diminuer cette sensation de pincement. Lorsque je traversai la zone des cabanes pédagogiques, je décidai de m'arrêter et de m'étirer sur un banc vide qui était situé juste devant. Une voix m'interrompit soudainement.

— Décidément, nous sommes faits pour nous revoir. S'écria un homme positionné juste derrière mon dos.

Lorsque je me retournai, je fus subjuguée par ses yeux noisette qui me scrutaient avec curiosité.

— Oh ! Vous m'avez fait peur.

— Je suis désolé.

— Ce n'est rien !

— Alors vous avez été performante aujourd'hui ?

Je constatai l'absence de ma montre connectée à mon poignet.

— Décidément je suis à côté de la plaque, j'ai oublié ma montre.

— Ça va ? Vous n'avez pas l'air très bien.

— Ça se voit temps que ça ?

— C'est à propos de ce que vous devez faire ici ? D'ailleurs si ce n'est pas trop indiscret, d'où connaissez-vous exactement Églantine Chappaz ?

Soudain, un éclair de méfiance frappa mon esprit.

Et si ces rencontres n'étaient pas un hasard et que cet homme me suivait...

J'allai bientôt être une personne à abattre, ou peut-être que je l'étais déjà. Je pris conscience de l'insécurité dans laquelle je me trouvais depuis ces deux derniers jours. Ou bien, il se pourrait aussi que je délire.

— C'est une amie de longue date. D'ailleurs cela me fait penser que je dois la rejoindre. Navrée d'écourter notre conversation.

— Pas de soucis, j'ai à faire aussi. Je vous souhaite bon retour en France si on ne se recroise pas de façon hasardeuse d'ici là. Me dit-il avec un léger sourire avant de partir sans se retourner.

Si ça se trouve je me suis encore fait des films. Il faut que j'arrête d'être paranoïaque. Personne ne sait qui je suis pour le moment, néanmoins il vaut mieux rester prudente.

L'horloge qui se trouvait dans le petit salon de la suite sonna dix-huit heures. Je raturais de nouveau ma liste des pour et des contres de cette aventure. Sachant que je ne pouvais prévenir personne, j'étais de plus en plus torturée à l'idée de commettre une erreur.

Qu'est-ce que je dois faire ?

Pourtant il fallait se rendre à l'évidence, à l'instant où j'avais fait ce test ADN tout avait déjà changé, et il me serait difficile de nier ou de gommer cette autre vie et les dommages collatéraux que cela allait engendrer. Dans tous les cas, j'étais désormais fichée et un risque permanent planerait au-dessus de ma famille. Accepter serait peut-être un moyen de les préserver, et la décision finale me reviendrait de toutes les façons.

Après avoir entamé une demie bouteille de blanc, je pris mon courage à deux mains et informai Églantine de ma décision par sms.

Sa réponse était instantanée.

Nous sommes soulagées que tu aies accepté. Tout se passera bien. Je viendrai demain dans la journée avec une

petite équipe, pour te préparer et t'expliquer nos protocoles en vigueur.
A demain,
Bien à toi,
Églantine

Le lendemain matin à la première heure, Églantine frappa à ma porte. J'ouvris malgré un mal de crâne carabiné.

— Bonjour, bonjour ! Oh la tête ! Heureusement que mon équipe est performante, car il y a du boulot… me dit-elle avec entrain.

— S'il te plaît, pas aussi fort !

— Ne t'en fais pas, une super assistante a toujours ce qu'il faut pour faire passer la gueule de bois.

Derrière elle, deux autres personnes se présentèrent.

— Livia, chargée de la coiffure et du *make up*.

— Umberto, styliste.

— Bon maintenant va prendre une douche, on n'a pas beaucoup de temps m'ordonna l'assistante en chef.

Après des présentations laconiques, la brigade se mit au travail.

À la fin de ce *relooking* extrême et d'un ravalement de façade fort agréable, Églantine s'installa avec moi dans le petit salon et m'expliqua comment allait se dérouler la soirée, quels genres d'invités seraient présents, une partie des règles de bienséances à respecter, et surtout comment elles comptaient me présenter.

— Voilà Nora ! Je dois maintenant être au côté de la Princesse et l'aider à se préparer. Robbie passera te chercher tout à l'heure pour t'emmener à l'endroit où la cérémonie se déroulera. Ces soirées privées, ne sont pas connues du grand public et s'organisent généralement dans des lieux toujours différents et secrets. L'adresse exacte est communiquée au dernier moment et seulement à quelques personnes de confiance.

Vers dix-neuf heures, Robbie m'attendait vêtu de son costume de chauffeur des grands soirs.

Je sortis avec une longue robe perle anthracite au décolleté léger, qui mettait en valeur de façon élégante ma petite poitrine. Elle était échancrée sur le côté droit, dévoilant ma jambe encore bronzée jusqu'à mi-cuisse. Mes escarpins *Louboutin* vertigineux que je ne domptais pas encore très bien, me donnaient une silhouette élancée. Une veste cache-cœur coordonnée, achevait ma tenue et habillait mes bras nus et sveltes. Quelques bijoux m'avaient été prêtés, ils provenaient des grands joailliers du royaume : un bracelet taillé en feuille de vigne avec un ras-de-cou en diamants similaire, ainsi que des boucles d'oreilles tombantes saillantes. Mes cheveux bruns, étaient attachés en un chignon haut effet décoiffé, sublimant les accessoires que je portais. Et mon *make up nude*, me donnait un teint frais et naturel.

— Bonsoir Madame, si je peux me permettre vous êtes magnifique.

— Merci beaucoup Robbie.

Il m'ouvrit la portière et je m'installai le cœur battant à l'arrière du véhicule, en direction de la fosse aux lions d'où j'espérai me sortir indemne.

Après une vingtaine de minutes de route, Robbie baissa la vitre qui séparait l'habitacle et m'indiqua que nous étions proches de notre destination. À cet instant précis, un véhicule utilitaire blanc déboula dans le croisement où nous nous trouvions, et heurta de plein fouet la Mercedes.

Le choc fut tel, que la voiture se déporta avec violence et se retourna sur le toit.

La tête en bas et les bras ballants encore maintenue par la ceinture de sécurité, j'essayai de comprendre ce qui se passait. Face à moi, je vis Robbie qui tentait de se détacher. À travers le pare-brise explosé, j'apercevais des bottes qui descendaient du camion responsable de la collision. S'en suivirent des voix d'hommes qui parlaient une langue étrangère. Ces individus tournèrent autour du véhicule accidenté. Ils stationnèrent du côté de Robbie et soudainement des coups de feu retentirent à l'avant. La tête du chauffeur éclata sous les balles. J'étais terrorisée, jusqu'à ce qu'un autre homme casqué arrive à mon niveau. Il était vêtu d'un uniforme de style militaire. D'un coup sec, avec une énorme lame et à travers la vitre, il sectionna ma ceinture de sécurité. Mon corps s'écroula sur le sol tel une bête morte, et les débris de verre m'éraflèrent les mains. Des bras m'extirpèrent de la carcasse d'acier, et un sac me recouvrit le visage. Je fus trimbalée et déposée dans le camion qui quitta les lieux à tout allure. J'étais tétanisée, ce qui minimisait la douleur des blessures causées par l'impact.

Aux tons nerveux et agressifs de mes ravisseurs, je percevais qu'une chose ne semblait pas se passer comme prévu. Quelques minutes plus tard, je ressentis soudainement un nouveau choc. Mais moins violent que le premier. Des tirs fusèrent autour de moi, me faisant sursauter. Je me recroquevillai sur moi-même pour me protéger. Un instant plus tard, j'entendis la porte du côté où je me trouvais s'ouvrir. Avec beaucoup moins de violence, quelqu'un me sortit du camion. J'entendis d'autres voix, mais leur accent était différent. Alors qu'un

des individus me tenait par le bras, mes jambes fébriles
vacillèrent tout à coup, et je m'effondrai inconsciente.

11

Complots

Mon corps meurtri, subissait les foudres des individus hostiles qui m'observaient dans l'obscurité. Mes avant-bras ensanglantés, tâchèrent ma robe blanche, immaculée, déchirée par les couteaux qui se trouvaient à mes pieds. Des spasmes tels des électrochocs survoltés, firent tressaillir mon corps. Mes poursuivants se rapprochaient de moi telles des bêtes enragées. Je n'étais qu'une proie dont la vie ne tenait plus qu'à un fil. Ces animaux aux longues griffes n'attendaient qu'une chose, me dévorer toute crue. Pas d'échappatoire, juste celui de la mort. Elles prirent de l'élan puis sautèrent sur moi...

Je me réveillai en sursaut, en sueurs et toute endolorie. Cette reprise de conscience me désorienta complètement.

Qu'est-ce qui m'est arrivé ? Où suis-je ?

Une violente migraine résultait du contrecoup.

Mes mains bandées sur mon visage, j'essayais de maîtriser la douleur et de calmer les flashs de souvenirs qui surgissaient de façon décousue dans ma mémoire. Le camion nous heurtant, les coups de feu, les débris de verres... Tout se bousculait dans ma tête. Une sensation d'étourdissement envahit le haut de mon corps, comme si j'étais malmenée par des vagues déchaînées. Au bout d'un moment, je finis par toucher terre et ma vision se stabilisa peu à peu. En soulevant la couette du lit dans lequel j'avais été installée, je vis que je n'étais plus vêtue de ma robe, mais que je portais un débardeur basic blanc et un pantalon de survêtement gris. J'observai la pièce dans laquelle je me trouvais. C'était une belle chambre aux murs blancs, ornés de moulures et de lambris dorés. Deux tableaux y étaient accrochés. L'un en face du lit, représentait une mer houleuse sur laquelle un bateau semblait se débattre. Et l'autre, une mer plus calme s'illuminait d'un magnifique lever de soleil. En m'appuyant sur mes bras courbaturés, je sortis mes jambes couvertes d'hématomes et j'essayai de glisser sur le matelas pour me déplacer vers le bord du lit. Je pris mon temps pour me lever, en poussant fortement sur mon assise. Mes premiers pas furent hésitants, mais l'équilibre revint assez rapidement. Je me déplaçai vers la fenêtre éblouissante de la chambre, afin d'avoir une idée d'où je me trouvais.

Oh bah ça alors...

De l'autre côté de la vitre, on distinguait un panorama surprenant. L'eau entourait de part et d'autre un jardin exotique très bien entretenu que je percevais plus bas. D'immenses murs fortifiés encadraient l'enceinte, me donnant l'impression d'être dans une prison luxueuse. Je ressentais un sentiment d'isolement et soudain l'oppression me gagna. Je me dirigeai alors vers une autre porte à quelques mètres de moi et l'ouvris. À l'intérieur, se trouvait une magnifique salle de bain en pierre de grès anthracite, avec une douche à l'italienne délimitée par une paroi en verre. En face, il y avait un meuble sur lequel étaient encastrées deux grandes vasques de même ton, surmontées d'un miroir géant éclairé par des néons. Je restais quelques instants sur le sol carrelé bien frais, afin d'essayer d'atténuer cette angoisse qui faisait chuter ma tension et me procurait une sensation de nausée intense.

Lorsque cette envie de vomir fut légèrement maîtrisée, je finis par me relever et me diriger vers l'une des vasques où je fis couler de l'eau et y glissai mon visage pour me rafraîchir. Je pris ensuite la serviette blanche qui était pliée à côté, afin de me sécher et éponger les quelques traces de sang qui restaient encore. Lorsque je m'observai dans la glace, je fus horrifiée de découvrir l'état dans lequel je me trouvais. J'avais une lèvre tuméfiée, des coupures et des bleus au niveau de mes pommettes. Mes bras avaient subi le même sort, et en baissant mon pantalon pour vérifier l'état de mes jambes, je constatai qu'elles n'avaient pas été épargnées non plus par les coups. Mais je remarquai alors, que mes blessures avaient été désinfectées et qu'elles se cicatrisaient. Quelqu'un avait donc pris soin de moi… Suite à cette osculation, je décidai d'en savoir plus et retournai dans ma chambre. Sur la gauche, face à la fenêtre, se trouvait une autre porte. Je tentai ma chance et avançai en pressant la poignée qui n'était pas verrouillée et céda facilement sur un couloir en parquet clair, recouvert en partie d'un long tapis en velours écru. Toujours pieds nus, je fis quelques pas tout en regardant autour de moi si je pouvais croiser âme qui vive. Le décor qui m'entourait, était tout aussi somptueux que celui de la chambre. Soudain, j'entendis des bruits provenant du fond du couloir. Mon cœur battait la chamade, mais malgré la peur qui me submergeait, je décidais d'avancer dans cette direction. Ce long corridor donnait sur un vaste palier d'où partait un immense escalier de bois épais en colimaçon. J'avançai discrètement jusqu'aux rambardes et m'agenouillai pour observer le rez-de-chaussée. Un homme en tenue de majordome traversa le hall d'entrée, tenant un plateau en argent sur lequel se trouvait un journal et des tasses de café. Quelques instants après, une femme en uniforme époussetait des bibelots exposés dans une vitrine. Lorsqu'elle quitta les lieux, je pris mon courage à deux mains et descendis les marches de l'escalier menant à ce qui semblait être une entrée. Sur la droite, une double porte était entrebâillée sur une salle à manger bourgeoise très spacieuse. Je pénétrai dans la pièce et continuai ma visite furtive, jusqu'à une autre porte battante d'où semblait venir le personnel. J'avançai et je glissai mon regard dans l'embrasure. C'était une cuisine dans laquelle le personnel s'activait. Alors que j'étais toujours postée au même endroit, une voix de femme retentit derrière moi. Je me retournai désemparée et je marchai à reculons dans la cuisine jusqu'à ce que je heurte une chaise de bar.

Autour de moi, quatre paires d'yeux me dévisagèrent surpris.

— *Che stai facendo li*[7] ? cria une des cuisinières.

— Je ne comprends pas ce que vous dites !

— *Chi sei*[8] ? ajouta une autre intendante, avec une spatule à la main.

— *Avvisare la sicurezza*[9] !

Soudain, une vieille femme apparut et d'un ton autoritaire fit taire l'assemblée prête à m'attaquer.

— Je suis désolée, je suppose que vous ne parlez pas italien ?

Je secouai la tête, abasourdie.

— Je parle français. Nous n'avons pas eu le temps de prévenir l'équipe de votre présence.

— Qu'est-ce que je fais là ? demandai-je en me frottant les tempes.

---

[7] *Que faites-vous ? (Toutes les traductions en italien sont des traductions personnelles)*
[8] *Qui êtes-vous ?*
[9] *Prévenez la sécurité !*

— Nous allons vous expliquer, mais ce n'est pas à moi de le faire. Comprenez-vous ? Vous n'avez pas l'air encore remise.

— J'ai mal à la tête…

— Remontez dans votre chambre et nous allons vous apporter tout ce qu'il faut. Médicaments, etc. Dit-elle en s'avançant vers moi.

— Ne vous approchez pas ! Je veux savoir qui vous êtes ?

— Moi, Anita ! Tout va bien aller. Et vous, vous devez retourner dormir.

— Non, non et non. Qu'est-ce que je fais ici bon sang ? répondis-je énervée.

— Madame, s'il vous plaît.

— Je vous ai dit ne pas vous approcher. Je veux partir !

Je m'avançai vers une porte vitrée de l'autre côté de l'îlot central de la cuisine, et j'ouvris. Celle-ci donnait sur l'extérieur.

— Attendez ! s'écria Anita.

Dehors, une horde d'hommes vêtus de costumes noirs et armés se tournèrent dans ma direction.

— Qu'est-ce….

Mais à ce moment précis, une vive douleur me transperça le cou, ce qui me fit instantanément sombrer dans l'inconscience.

Je ne savais plus vraiment où je me trouvais, des bribes d'images floues se bousculaient dans ma tête. J'avais l'impression d'être attachée, des piqures d'aiguilles m'ayant transpercée de part et d'autre. Le délire obscurcissait mon esprit embrumé par la fatigue et la fièvre. Parfois lorsque l'obscurité de la pièce était la plus profonde, une sensation bizarre m'envahissait ; celle d'être observée par une silhouette assise dans l'ombre.

Cette forme, probablement fruit de mon imagination, veillait jusqu'à l'aube et disparaissait dès l'apparition des premières lueurs du soleil. Cette scène se reproduisit de nouveau, mais je n'arrivai plus à me repérer dans le temps, perdue dans les méandres de mon état comateux. Jusqu'à un autre réveil, qui fut cette fois-ci, moins perturbé que les précédents. Je retrouvais progressivement le contact avec mon corps, me sentais plus légère, moins traumatisée par les chocs de l'accident. Ma vision avait retrouvé de la clarté. Je me sentais bien, reposée et bizarrement sereine face à ce cadre qui m'était encore peu familier.

Je m'adossai à la tête de lit capitonnée en cuir vieilli beige, et constatai qu'une enveloppe et une petite télécommande avaient été laissées à mon attention sur la table de chevet. Je décachetai la lettre et la lu.

Chère Nora, je vous prie de bien vouloir dès votre réveil, appuyer sur le bouton rouge de la télécommande.

J'eus une hésitation, mais finalement j'appuyai sur le fameux bouton. Quelques minutes plus tard, j'entendis des pas qui se rapprochaient dans le couloir. Quelqu'un frappa trois coups avant d'ouvrir la porte et je vis apparaître le visage d'Anita dans l'embrasure.

— Nora vous êtes enfin réveillée ! Puis-je entrer ?

J'avais l'impression de vivre une situation paradoxale. Je me sentais captive, mais je ne comprenais pas vraiment tout cet égard envers moi…

— Je suppose que je suis chez vous, faites comme bon vous semble.

La vieille femme vêtue d'un tailleur simple gris clair entra, tirant derrière elle un chariot sur lequel était posée une assiette de nourriture composée d'œufs, de bacon, d'haricots blancs, et d'un panier en osier rempli de toasts accompagnés de coupelles de confitures, ainsi qu'un verre de jus de fruits.

— Vous devez être affamée, voici une collation.

À vrai dire, la situation inconfortable et l'incertitude dans laquelle je me trouvais, me nouaient encore l'estomac et je n'avais pas du tout faim. Je ne savais même plus depuis combien de jours datait mon dernier repas.

Anita se rapprocha doucement, avec prudence, pour ne pas m'effrayer.

— Je vous laisse ça là.

Je fis un signe de tête sans répondre à son sourire.

— Je comprends très bien votre réaction et c'est tout à fait normal. Vous aurez bientôt les réponses à vos questions.

— Ça fait combien de temps que je suis ici ?

— Trois jours. Vous étiez mal en point. Très déshydratée. Un médecin est venu et nous avons fait le nécessaire, d'où les pansements au niveau de vos avant-bras. Nous avons également dû vous attacher les mains aux barreaux du lit, simplement pour vous éviter de vous blesser et d'enlever le cathéter de votre perfusion de glucose, car vous étiez agitée et fiévreuse.

Un autre coup retentit soudain dans la chambre me faisant sursauter.

— C'est Alicia, n'ayez pas peur !

Une jeune femme avec un chignon brun portant un uniforme d'intendante fit son entrée, elle tenait dans ses bras une housse à vêtement noire. Anita la regarda et lui fit signe de la déposer sur le fauteuil installé en face du lit. Puis Alicia s'empressa aussitôt de quitter la chambre.

— Qu'est-ce que c'est ?

— Nous n'avons pas encore eu le temps de faire parvenir vos effets personnels ici. Mais ce soir, vous êtes conviée à un dîner. On a choisi cette tenue pour vous, en espérant qu'elle vous ira comme un gant et qu'elle vous plaira…

— Je dois dîner avec qui ?

— Là aussi, vous découvrirez tout ce soir.

— Mais vous êtes qui à la fin ?

Anita vint s'asseoir sur le bord du lit.

— Une amie ! Et ici vous êtes en sécurité.

— Comment suis-je supposée vous croire ?

— Essayez… je suis navrée mais je dois vous laisser. Soyez prête pour dix-neuf heures. Vous pouvez évidemment sortir de votre chambre et aller visiter la maison, cette fois-ci tout le personnel est prévenu. Toutefois, il ne faut sortir en aucun cas. Ah oui, une autre chose ! Vous trouverez tout le nécessaire dans la salle de bain.

— Attendez…

Anita se retourna vers moi.

— Je peux contacter ma famille ?

— Pas pour l'instant. Dit-elle avant de quitter la pièce.

Je me levai du lit et me dirigeai vers le fauteuil. Je dézippai la housse avec précaution pour voir ce qu'elle contenait.

Oh ouah ! C'est quoi ça ?

Je regardais l'heure sur le petit réveil analogique posé de l'autre côté du lit.

16:56

Au moins, je n'allais pas devoir attendre très longtemps avant d'avoir le fin mot de l'histoire.

Je pris la direction de la salle de bain et sans motivation, commençai à me préparer. L'heure filait à toute allure. Une fois shampouinée, lavée et épilée, je réussis à me sécher les cheveux de façon convenable et les attachai en chignon rebelle décoiffé. J'estompai les traces de cicatrices avec un fond de teint *nude* et un brillant à lèvre légèrement rosé, puis je maquillai mes yeux avec un fard à paupières brun nacré. J'y traçai un trait de crayon noir, ainsi qu'une touche de mascara de même ton pour souligner leur couleur noisette et ordonner mes cils. Lorsque j'eus presque terminé, j'entendis la porte de ma chambre s'ouvrir puis se refermer. Je passais la tête dans l'embrasure de la salle de bain, et je constatai qu'une boîte à chaussure avait été déposée sur le lit, ainsi qu'un petit panier dans lequel un certain nombre de sous-vêtements avaient été repassés et pliés.

Enroulée dans mon peignoir blanc, je m'avançai pour découvrir le type de chaussures que contenait la boîte. Je sortis ensuite de la housse le vêtement que l'on m'avait choisi. Une fois prête, je m'examinai dans la glace, à la fois désemparée et admirative.

Enfin, à quoi ils jouent ?

J'observais la vue imprenable de la fenêtre de ma chambre en attendant patiemment l'heure fatidique. Je n'avais même pas eu le temps, et ni un réel désir de savoir ce qui se cachait dans les autres pièces de la maison. De toute façon, ce n'était certainement pas le plus important. Je pris une grande inspiration et empruntai d'un pas décidé le même chemin que la première fois, en direction du hall d'entrée. Lorsque j'atteignis le palier de l'escalier en colimaçon, je vis deux hommes postés au pied des marches en train de discuter en italien. L'un des deux était de dos, mais sa silhouette m'était familière. L'homme en question se retourna et resta figé quelques secondes dans ma direction, avant de reprendre sa conversation tout en me snobant...

Nan mais c'est quoi ce bordel ?

Je resserrai avec force mon poing droit, et avec colère je dévalai les escaliers. Lorsque j'arrivai à son niveau, je signalai ma présence en lui tapant sur l'épaule. Lorsqu'il se retourna de nouveau, je lui décochai alors une de ces gifles qui fit faire un bond à sa mâchoire, et je vis sa joue devenir écarlate.

Aïe, ma main...

L'homme brun se massa l'endroit impacté, tout en m'adressant un léger sourire provocateur.

— Ouah, vous êtes belle à tomber ce soir ! Et vous savez comment faire sensation !

— Ça vous amuse en plus ? hurlai-je en me massant la paume encore brûlante.

Il contempla ma robe bohème noire, recouverte d'un voilage et d'une dentelle brillante. Une ceinture de la même étoffe, serrait cette tunique en dessous de ma poitrine, me faisant ressembler à une nymphe mélancolique au décolleté très échancré. Les spartiates compensées en cuir noires sublimaient cette tenue, et notamment une de mes jambes, dévoilée à travers la fente du tissu.

— Je suis heureux d'avoir choisi cette robe et ses chaussures. C'est mon petit côté nostalgique.

— J'aurais dû m'en douter.

— Bon j'avoue avoir été conseillé, mais je me souviens de vos jambes et de ce que vous portiez le jour de notre rencontre. Répondit-il en signifiant à l'autre homme qu'il devait partir.

Je descendis les escaliers, toujours aussi furieuse.

— Qui êtes-vous ? lui demandai-je en haussant le ton.

— Milo ! Milo Marcucci.

— J'aimerais bien savoir ce que je fais là ?

— Eh bien, avant de répondre à vos innombrables questions nous allons dîner.

— Quoi ? Désolée, là, je n'ai pas faim.

Milo leva la main pour me faire taire.

— Vous allez manger, et à chaque fois qu'un plat sera terminé, je vous révélerai un certain nombre d'éléments. C'est ça… ou rien !

Je le suivis avec amertume, bouche cousue, jusque dans la salle à manger que j'avais déjà traversée la première fois. Cette pièce était à peine éclairée.

Il tira une chaise vers moi et m'invita à m'asseoir, puis il rejoignit sa place face à moi à l'autre bout de la table rectangulaire recouverte d'une nappe beige, et d'un chemin de table en soie de couleur marron glacé. Deux chandeliers en argent disposés au centre, créaient une atmosphère tamisée. Des fruits, des fleurs séchées, et des photophores étaient dispersés de part et d'autre de la table, contribuant à adoucir l'ambiance de la pièce.

Un majordome s'annonça avant d'entrer, avec un plateau d'argent sur lequel étaient dressées deux coupes de champagne.

Milo me regarda, et amusé il leva son verre dans ma direction. Je ne fis pas de même, et par provocation, je bus mon verre d'une traite et demandai que l'on me resserve une autre coupe.

— Vous ne devriez pas boire aussi vite, surtout que vous n'avez rien mangé depuis des jours.

— Vous vous souciez de ma santé ? Je ne suis plus une petite fille vous savez !

L'entrée fut servie dans la foulée, accompagnée d'un grand vin. Avant de commencer le repas, je bus plus lentement ma seconde coupe de champagne, car ma tête tournait déjà légèrement…

Je contemplai mon assiette avec envie. Un saumon gravlax dressé sur un lit de tapenade basilic, accompagné de churros au parmesan, nappé d'une sauce miel et soja. L'odeur alléchante éveilla mon estomac qui commençait à crier famine. Je saisis une des nombreuses fourchettes mises à disposition et dégustai ce plat avec régal.

— Et bien, et bien, vous qui n'aviez pas faim…. à ce que je vois, vous avez retrouvé l'appétit !

Je me redressai de mon assiette en bombant la poitrine, fière et provocante, puis observai froidement mon interlocuteur.

— Alors ! J'attends que vous m'en disiez plus.

Légèrement troublé, il reprit son air sérieux et impassible, puis reposa ses couverts avant d'avaler une gorgée de vin.

— Je m'appelle Milo Marcucci, et je suis le fils de Don Marius Marcucci.

— Vous êtes de la mafia c'est ça ? Et vous me suiviez depuis le début ?

Il leva de nouveau sa main pour m'interrompre.

— Ne posez pas de questions ! Écoutez-moi attentivement car je ne le répéterai pas.

Agacée, mais déterminée à ne pas être la proie, je le fusillai du regard et terminai la flûte pour goûter le vin blanc que l'on m'avait servi.

— Ma famille a en effet une certaine autorité sur le territoire italien. D'ailleurs, si vous vous demandez où vous vous trouvez, et bien nous sommes ici sur un petit îlot de Capri.

Surprise, j'écarquillai les yeux. Bien qu'avec cette vue sur la mer, je me doutais que j'étais éloignée d'Alpini.

— Je tiens à vous préciser que nos premières rencontres étaient fortuites. Rien de calculé car je ne vous connaissais pas encore, jusqu'à ce qu'un commanditaire nous mette sur votre piste. Je pense que vous avez entendu parler du Duc de Palissis. Mon père et lui sont en affaire ; enfin devrais-je dire étaient en affaire, depuis une quinzaine d'année. Grâce à cette principauté, notre organisation faisait partie du réseau d'échange le plus important d'Europe. Comprenant un certain nombre de groupements marchands et d'autres intermédiaires des pays de l'Est. Franklin de Palissis a été l'initiateur et la cheville ouvrière de ce business fructueux.

J'observai Milo avec attention, jusqu'à ce que le serveur apporte le plat suivant.

— Agneau braisé et sa mousseline de patates douces, accompagné de tomates gratinées. Annonça le maître d'hôtel avec un accent « à couper au couteau ».

Je le remerciai un peu plus poliment, avant de commencer la dégustation de façon plus subtile cette fois-ci, toujours observée avec curiosité par mon hôte au regard sombre.

— Cela vous plaît-il ? Vous ne vous êtes pas jetée dessus comme une tigresse.

Je lui adressai un sourire pétulant tout en continuant à découper soigneusement ma viande. Chaque morceau fondait savoureusement sur mon palais. Je terminai ce second plat en silence.

Il finit à son tour, et prenant la serviette qui était posée sur ses genoux, il s'essuya délicatement le contour de la bouche.

— Malgré toutes les précautions prises par la souveraine et Madame Chappaz, vous avez été identifiée très rapidement. Ce qui a eu pour conséquence cet « accident » de voiture, souligna Milo en mimant les guillemets, et votre mise en danger. Ne vous méprenez pas, contrairement à ce que vous pouvez croire, nous n'avons pas provoqué l'accident, mais des mercenaires des pays de l'est, faisant partie de la mafia Russe. Et nous, nous sommes intervenus dans un second temps pour déjouer leur plan.

— Pourquoi ?

— Vous n'obéissez pas beaucoup aux ordres !

— Effectivement. Dis-je en le scrutant avec ferveur.

— Je m'arrête là alors ?

Je hochai la tête et restai muette.

— Je reprends ! Ce groupuscule soviétique a agi directement sous le commandement du Duc. Je vous disais en préambule que mon père et le Duc n'étaient plus en affaire. Car ce que je veux vous expliquer, c'est qu'aujourd'hui mon père est en prison. Un complot a été organisé pour le faire tomber. Après enquête, nous avons appris que tout avait été orchestré par Franklin de Palissis. Nous pensons qu'il a agi ainsi dans la perspective de sa future montée sur le trône, et par peur de laisser trop de place à des personnes comme mon père. Aucune preuve ne permettait de remonter jusqu'à lui, pourtant la chance nous a souri car un des hommes qui a participé à cette affaire, est venu nous voir pour nous vendre des informations et être placé sous notre protection. Après avoir vérifié ses dires, nous avons dissimulé ce témoin. Nous le gardons au chaud pour espérer retourner la situation, et pour trouver un moyen de faire libérer mon père. Pour le moment, nous conservons un certain avantage, puisque Franklin croit que nous ne sommes pas au courant de son implication dans l'arrestation de Don Marcucci. Cela nous a donc permis de jouer sur les deux tableaux et d'interférer dans ses plans. Malheureusement, avec ce seul témoin, nous sommes conscients de ne pas pouvoir l'impacter aussi fortement que nous le souhaitons. La donne a changé lorsque nous avons compris qui vous étiez : nous avions trouvé le moyen de pression rêvé.

— Un dessert Madame ? me lança le majordome que je n'avais pas vu revenir.

J'allais décliner sa proposition, lorsque je vis dans l'assiette qu'il me présentait, une farandole de petites bouchées auxquelles on succombait même sans appétit. Je le remerciai et terminai rassasiée ces douceurs en un temps record.

— Un limoncello en guise de digestif vous ferait-il plaisir ? me proposa Milo en sonnant son serviteur.

J'acquiesçai tout en tentant de garder une certaine constance, et je bus d'une traite ce petit shooter d'alcool acidulé.

— Puis-je poser mes questions maintenant ? demandai-je avec assurance.

— Faites, votre Altesse !

— Je ne vous permets pas de m'appeler comme ça ! Êtes-vous au courant de tout, en ce qui me concerne ?

— Suite aux ordres du Duc, nous avons mené une enquête approfondie sur vous, votre famille, votre quotidien, etc. Il s'est toutefois bien abstenu de nous dire qui vous étiez vraiment, mais l'engouement de la Princesse vous concernant a suscité notre curiosité. Rien ne devait s'opposer à ce qu'il devienne le futur héritier de la couronne. Enfin presque… grâce à vos gènes et votre ADN, une nouvelle « reine va faire échec au roi ». Cela peut faire penser à ce qu'on appelle l'atavisme ou *atavi* en latin.

— *Atavi* ?

— Un bagage génétique qui est transmis aux générations futures. Des gènes en dormance hérités d'ancêtres très lointains et qui peuvent réapparaître à tout moment. Vous ! C'est votre sang royal. Je ne suis pas savant en biologie évolutive du développement, mais ma famille m'a toujours encouragé à m'intéresser à tous les sujets.

— Rien est officiel, et même si c'était le cas, je déclinerais certainement cet « héritage », d'autant plus avec ce qui est en train de m'arriver en ce moment.

— Malheureusement vous ne pouvez pas revenir en arrière, quoiqu'il arrive vous êtes en danger.

 J'avalai de travers la gorgée d'eau que j'étais en train de boire, et manquai de m'étouffer.

— Si je suis actuellement en mauvaise posture, cela veut dire que ma famille l'est aussi ?

 Il se racla la gorge, comme s'il y avait un malaise.

— Pour votre père rien à craindre, vu son état je pense que le risque est minime, le Duc en est conscient. D'autant plus que vous avez mis très peu de personne au courant des raisons de votre séjour. N'est-ce pas ?

 J'acquiesçai en espérant qu'il n'ait pas eu vent de ma discussion avec Marina.

— Mon mari ? Et surtout ma fille ?

— Elle est chez votre tante, on le sait.

— Personne de mon entourage n'est au courant pour ma filiation. J'ai simplement dit à ma tante où je devais me rendre bien évidemment, mais je suis restée vague sur le sujet. Ainsi que pour mon père, qui ignore mes intentions.

— Nous veillerons sur eux de toute façon, ainsi que sur votre jeune amie, Marina Baptiste.

J'écarquillai les yeux de surprise.

Ils savent vraiment tout...

— Quant à votre fille, vous allez prévenir votre tante et lui dire que tout va bien, mais que vous allez envoyer des amis de confiance récupérer la petite afin de continuer vos vacances avec elle. Enfin, il faudra que vous trouviez quelque chose de crédible.

— Et mon mari dans tout ça ? Il va s'inquiéter ! Je suis certaine qu'il a essayé de me contacter sur mon portable depuis ces trois derniers jours. D'ailleurs, quand pourrai-je récupérer mes effets personnels ?

— Nous avons répondu à votre mari de votre part *via* votre téléphone. Nous vous rendrons vos affaires en temps voulu. Jusqu'à ce qu'on ait confiance en vous, il est important de suivre nos directives.

— Suivre vos directives de mon plein gré ? Je suis plutôt votre prisonnière. Vous prétendez vouloir me protéger, mais je n'y crois pas après ces mots venant de vous, « la mafia » !

— Je ne suis pas votre adversaire. Je souhaite simplement votre collaboration. Je suis bien conscient que vous me connaissez peu et que par conséquent vous n'avez aucune raison d'avoir foi en moi. Néanmoins, sachez que parfois l'ennemi n'est pas celui que l'on croit. Malheureusement, il peut aussi avoir l'apparence d'un proche auquel nous accordons une confiance aveugle.

Je me levai soudainement de la chaise et reposai ma servviette sur la table.

— Merci pour le dîner et pour la leçon de moral pseudo philosophique. Puis-je disposer ? S'est-on tout dit ?

Avant même d'entendre sa réponse, je me précipitai avec allure hors de la salle à manger, et alors que je m'apprêtai à monter les marches de l'escalier principal, une main m'agrippa le bras gauche tandis que l'autre me plaquait violemment contre la rampe qui longeait le mur du hall. Milo me dévisagea d'un air mystérieux. Il était si proche de moi que je sentais sa respiration se mêler à la mienne.

— Venez avec moi, j'ai quelque chose à vous montrer.

Il me prit la main et me mena dans un autre couloir longeant l'escalier, en direction d'une porte entrouverte.

À l'intérieur, se trouvait un bureau disposé devant une belle bibliothèque de style victorien. Il me lâcha et m'ordonna de m'asseoir sur une des chaises d'invités, tandis que lui se dirigeait vers un petit secrétaire. Il l'ouvrit et en sortit un dossier rouge qu'il me tendit.

— Qu'est-ce que c'est ?

— Regardez !

Je le feuilletai et mis quelques minutes avant de comprendre ce qu'il contenait. L'effroi se dessinait progressivement sur mon visage. Il y avait un certain nombre de clichés de mon mari, Gustave, le montrant dans les bras d'une femme. Des relevés téléphoniques, des rapports, des extraits de mails, les photos d'un enfant…

— Je suis vraiment navré de devoir vous présenter les choses de la sorte. Je comprends le choc d'une telle annonce.

— Attendez, c'est quoi ça ? Il me trompe ?

— Dès que nous avons su pour vous et que nous avons été missionnés pour faire des recherches poussées, nous avons en effet découvert que votre mari menait une double vie. À la vue des preuves présentes, nous avons constaté que cela remontait à plusieurs années. Ses allers-retours à Paris étaient destinés à voir cette femme.

Il me tendit la photo d'une jeune femme blonde, dont je reconnu tout de suite l'identité.

— Hélèna, l'ex de mon mari ! criai-je totalement abattue.

— Vous pouvez aussi remarquer qu'il y a la photo d'un jeune garçon… il s'appelle Arthur.

Lorsque je la saisis de la pile, le constat était flagrant.

— Il a six ans. Je suis aussi désolé de vous annoncer qu'il est le fils de votre mari.

Mes yeux commençaient à se brouiller et une vague de nausées m'envahit soudainement. Je me cramponnai aux accoudoirs que je pressais aussi fort que possible, tentant de me maîtriser et laissant tomber au passage le dossier qui était posé sur mes genoux.

— Cela veut dire qu'il m'a toujours trompée. Qu'il n'a jamais rompu avec elle… dis-je d'une voix presque inaudible, les larmes coulant le long de mes joues.

Abasourdie et prostrée je n'écoutais plus ce que mon interlocuteur était en train de me dire. Brusquement, je pris appui sur la chaise, je me levai sans un mot et quittai la pièce en direction de la porte d'entrée principale.

— Qu'est-ce que vous faites ? lança Milo en tentant de me suivre.

J'appuyai sur la poignée et l'ouvris, me retrouvant face à une horde d'agents de sécurité, leurs armes pointées vers moi.

— Je veux juste aller sur la plage, s'il vous plaît !
l'implorai-je avec désespoir.

En voyant ma détresse, et après quelques secondes
d'hésitation, je compris que Milo avait ordonné à ses
gardes de baisser leurs armes et de me laisser passer.

Je me faufilai précipitamment en direction d'une porte
voûtée que j'avais repérée depuis la fenêtre de ma
chambre, elle donnait sur un escalier en pierre qui
permettait d'accéder à une petite plage. Arrivée dans le
sable, j'enlevai mes chaussures et fis quelques pas vers
cette mer calme et éclairée par une lune pleine et
lumineuse. Je me sentais oppressée et j'étouffais, mon
cœur avait été heurté de plein fouet par la découverte de
cet odieux mensonge qui bouleversait ma vie. Il faisait
frais, mais je ne frissonnais pas, mon corps était consumé
par un volcan de haine prêt à imploser. Sans enlever mes
vêtements, je me glissai dans cette eau qui me galvanisait
et j'avançai droit devant moi, sans même me retourner vers
le rivage. Lorsque je fus immergée jusqu'à la taille, je
fermai les yeux et fis défiler dans ma mémoire toute mon
histoire avec Gustave. La douleur était telle, que je
l'extériorisai en poussant des cris si puissants que mon
souffle en était presque coupé. Lorsque je me sentis un peu
calmée, je retirai ma bague de fiançailles et mon alliance
de ma main gauche. Je pris ces deux petits anneaux, les
observai une dernière fois, et avec un léger élan, je les
envoyai à tout jamais dans les profondeurs abyssales de
cette eau paisible dans laquelle se reflétait le ciel étoilé.

Lorsque je fis demi-tour pour regagner la plage, Milo était
debout et m'observait sans un mot, tenant au bout de ses
doigts mes souliers abandonnés.

J'arrivais à son niveau, m'effondrai à ses pieds, anéantie par le chagrin. Il s'agenouilla et me prit dans ses bras pour me ramener dans son refuge fortifié.

12

Refuge

À mon réveil, j'étais encore sonnée par cette terrible révélation, je ne me souvenais même plus de ce qui s'était passé après l'épisode de la plage. J'étais vêtue d'un legging noir et d'un débardeur bleu foncé, sans même savoir si j'avais réussi à me changer seule ou si quelqu'un l'avait fait à ma place.

— Si vous vous posez la question, je vous ai aidée à mettre vos vêtements, ainsi que toutes les autres fois, m'annonça Anita qui tricotait assise sur le fauteuil à côté du lit.

— Vous m'avez fait peur !

— Pardon ! Je ne voulais pas.

— Ce n'est pas grave… merci de cette précision. Je préfère ça…

— Vous avez enfin rencontré mon petit-fils ! Milo ! D'ailleurs il s'inquiétait beaucoup pour vous, même s'il ne voulait pas que je vous le dise. C'est pour ça que je suis là. *Bah voyons !*

— Et bien vous lui préciserez que je ne suis pas une chose fragile.

En disant cela, je me levai et m'apprêtai à aller dans la salle de bain.

— Attendez Nora ! Si je suis là, c'est aussi pour vous montrer quelque chose. Suivez-moi s'il vous plaît.

J'exécutai ses ordres et la suivis dans le couloir jusqu'à une autre porte à proximité.

En l'ouvrant, je vis une chambre d'enfant, avec une commode, un coffre à jouet, une petite bibliothèque et des peluches. Alors que je m'avançai vers le lit à barreaux en

148

noyer, j'eus un choc… ma fille, Capucine, y était profondément endormie vêtue de sa gigoteuse.

— Oh mon dieu !

Mon cri la réveilla soudainement et elle se mit à pleurer. Elle semblait aussi désorientée que moi.

— Ma puce, mon amour !

Je m'avançai jusqu'à son lit et la pris dans mes bras pour la consoler et la réconforter.

— Je ne comprends pas…

— Milo a envoyé une équipe cette nuit pour la récupérer. Comme je vous l'ai dit, il s'est beaucoup inquiété. Par contre, il est préférable que vous contactiez votre tante de toute urgence, car quelques-uns de nos hommes sont encore là-bas afin d'éviter qu'elle n'appelle la police.

— Oh oui ! Je vais le faire tout de suite.

Au téléphone, ma tante Clara était dans tous ses états. J'eus du mal à la calmer et la raisonner. Cependant avec patience, obstination, et ténacité, je finis par la convaincre de faire confiance à l'équipe de Don Marcucci. Je lui répétais que nous allions bientôt nous retrouver, mais qu'il était impératif qu'elle ne dévoile rien ni à Gustave ni à qui que ce soit d'autre. Lui promettant que tout rentrerait bientôt dans l'ordre, je lui assurais qu'elle ne craignait rien et nous non plus et que nous serions très vite réunies. Je préférai lui mentir par omission plutôt que de lui faire croire à un mensonge rocambolesque, ce qui en soit éveillait moins ses soupçons et était bien plus crédible.

Je passais une bonne partie de la journée assise dans un fauteuil à bascule qui était installé dans la chambre où Capucine se trouvait, nous berçant toutes les deux, épuisées par toutes ces péripéties.

À la fin de la journée, le soleil toujours radieux nous incita à aller à l'extérieur, avec l'approbation d'Anita, la maîtresse des lieux. Je retournai ainsi avec ma fille au bord de cette plage qui la veille, avait été témoin du glas de mon mariage. Après avoir fait quelques pas, je repérai un petit coin ombragé où nous nous installâmes pour faire des châteaux de sable, grâce à quelques moules trouvés dans le coffre à jouet. Je contemplais ma fille qui s'émerveillait devant les vagues qui se rapprochaient du rivage. Ce petit bonheur simple, me fit oublier l'espace d'un instant, la situation très inquiétante et instable dans laquelle nous nous trouvions.

Alors que nous nous amusions, les pieds immergés dans l'eau tiède de la mer Thyrrhénienne, je ressentis tout à coup une présence. En me retournant, je vis Milo, vêtu d'une tenue décontractée : chemise blanche en lin sur un *chino* beige retroussé jusqu'aux mollets, pieds nus, ce qui révélait sa peau bronzée. Il était coiffé d'un panama en paille marron, et portait des lunettes de soleil effet miroir. Assis dans le sable, il restait impassible et nous observait en silence, les avant-bras posés sur les genoux fier de dévoiler ses tatouages sophistiqués.

Je m'avançai vers lui tenant Capucine dans mes bras.

— Merci de m'avoir amené ma fille.

Il retira ses lunettes et dévisagea Capucine en lui faisant quelques légers sourires.

— C'était indispensable. Je vois qu'elle vous ressemble beaucoup.

— J'espère en bien !

— Si elle a hérité de votre tempérament, certainement pas. Répondit-il d'un ton moqueur.

Avec mon pied, je pris de l'élan et lui projetais du sable en pleine figure.

— Hey ! Vous voulez vraiment jouer à ça ? demanda-t-il avec défi.

Il se releva et essaya d'enlever le masque de sable dont il était recouvert. Voulant prendre sa revanche, il se mit à notre poursuite tout le long de la plage.

Ma fille était hilare.

Lorsqu'il arriva à notre niveau, je finis par m'arrêter essoufflée.

— Alors vous vous rendez ?

— C'est bon, vous avez gagné. Courir avec un enfant de seize mois dans les bras c'est très handicapant.

Il se rapprocha de nous et déposa son chapeau sur la tête de Capucine.

— Oh mais si vous voulez, on peut jouer rien que tous les deux la prochaine fois. Je serai le chasseur et vous serez la proie. Dit-il provocateur, tout en soutenant mon regard de ses yeux de braises.

Soudain, une vague de frissons parcourut tout mon corps, comme si malgré les circonstances, je pouvais être vaguement excitée par cette idée. Cependant, la tromperie de Gustave, ainsi que la fonction de Milo me réfrénèrent rapidement.

— Bon et bien, il est temps de rentrer mesdames, Anita nous a préparé une de ses spécialités. Ses fameux *agnolotti*.

— Qu'est-ce que c'est ? j'aimerais savoir si Capucine pourra en manger.

— À son âge j'en dévorais des tonnes, elle va adorer. Ce sont des pâtes farcies à la viande et aux épinards. Sublime ! me dit-il en embrassant le bout de ses doigts.

Effectivement, ma fille se régala au point que son visage en fut totalement barbouillé. Anita, Milo et moi rions de bon cœur et discutions de tout et de rien comme de vieux amis.

Vers vingt heures, j'emmenai au lit Capucine exténuée et la contemplai s'endormir paisiblement. Lorsque je sortis de la chambre, je fus surprise de croiser Milo, qui semblait m'attendre.

— La petite s'est bien endormie ?

— Oui oui, sans problème.

— Je voulais vous dire que je dois partir pendant plusieurs jours, afin d'essayer de régler cette affaire. Il est impératif que vous restiez entre ses murs et que vous limitiez vos sorties au maximum en dehors du site, tant que je ne serai pas ici. C'est très important.

Je hochais la tête docilement.

— Vous m'avez bien compris ?

— Oui c'est bon, vous n'avez pas besoin de me le répéter.

— Très bien. D'autre part, il va falloir que vous contactiez votre mari car il se montre de plus en plus impatient. Il faut que vous arriviez à le tenir loin de vous, en évitant qu'il se doute de quoique ce soit.

— Ne vous inquiétez pas pour ça. J'ai de quoi argumenter… je le ferai demain.

Je prenais la direction de ma chambre, lorsqu'il m'interpella de nouveau.

— Je pensais à autre chose aussi ! Je voulais vous proposer de me rejoindre dans ma garçonnière pour continuer cette soirée.

Toujours dos à lui, j'écarquillai les yeux outrés par ce que je venais d'entendre. Malgré moi, je me retournai très réceptive et attisée par sa proposition, croisant mes bras tout en l'observant avec méfiance.

— Vous pouvez répéter ?

— Je sais que cela peut prêter à confusion et je vois que vous avez souvent l'esprit mal placé. Je vous rassure, c'est une invitation en tout bien tout honneur, purement platonique. Je vous propose une simple partie de billard dans ma salle privée.

Agacée, je levai les yeux au ciel pour fuir son regard perçant qui me fixait toujours.

— Vous vous fichez de moi ?

— À vous de voir ! Si vous gagnez, je comptais vous rendre vos affaires personnelles : téléphone portable, ordinateur et tout ce qu'on a pu récupérer dans votre suite.

— Vous m'intéressez ! Et si je perds ?

— Vous aurez une dette envers moi, que je définirai en temps voulu.

— Cela peut être risqué si je ne connais pas tous les enjeux.

— Ne vous inquiétez pas, ce ne sera rien de bien méchant. Faites-moi confiance.

Après un temps de réflexion, je finis par annoncer mon verdict.

— Le challenge est accepté.

Il laissa apparaître un sourire provocateur et me somma de le suivre.

Nous montions cette fois-ci au deuxième étage en empruntant un couloir similaire à celui du premier. Au fond, il y avait une double porte qu'il ouvrit avec une clé.

À l'intérieur, la pièce était dans l'esprit d'une vraie garçonnière : un sol recouvert d'une moquette bordeaux, des vitrines contenant des photos en noir et blanc, des trophées et médailles le concernant, ainsi qu'un bar sur lequel se trouvait une collection impressionnante de verres et de bouteilles de vieux alcools forts. Il y avait aussi un salon avec deux fauteuils club en daim marron, aspect vieilli, et un canapé coordonné qui entouraient une table basse en verre, dont le pied ressemblait à la sculpture d'un tronc d'arbre. Puis du côté des portes fenêtres donnant sur un magnifique balcon spacieux et arboré, se trouvait le fameux billard, recouvert d'un tapis faisant échos à la moquette.

— Vous voulez boire quelque chose ?

— Je n'aime pas trop les alcools forts.

— Je sais, mais j'ai du vin blanc sec comme vous l'aimez, ou du champagne.

— Je vois que vous avez enquêté sur tout. Je vais plutôt prendre de l'eau, merci.

— Plate ou gazeuse ?

— Plate.

Il s'approcha d'un petit frigo, en sortit une bouteille en verre de 808 et il m'en servit un verre.

— Tiens donc, vous avez ce genre d'eau ici ?

— Oui j'aime la qualité, et je la fais importer de France.

— Je bus mon verre d'un trait, tandis qu'il se servait un cognac.

Après en avoir bu une gorgée, il reposa son verre sur le bord du bar, puis retroussa les manches de sa chemise blanche et alla retirer deux queues de billard, qui étaient accrochées au mur. Il passa un coup de craie bleue sur les embouts et m'en tendit une.

— Vous savez jouer ?

J'enlevai le triangle noir qui retenait les boules colorées et chiffrées au centre du tapis, puis cassai l'ensemble d'un coup sec.

— J'ai les bases ! dis-je en lui faisant un clin d'œil.

— Intéressant !

— Il se pencha à son tour et réussit à faire rentrer la cinq et la sept rayée dans un des coins.

— Moi aussi, je me débrouille.

— C'est quand même déloyal. Vous avez l'équipement approprié à domicile et donc beaucoup de temps pour vous entraîner.

— Je n'ai pas autant de temps que ça. Sinon je pense que je serais déjà marié et avec des enfants.

 Sa réplique fit mouche et éveilla ma curiosité.

— Vous faites cette profession par choix ?

— Cette profession ? Lorsque nous vrillons dans l'illégalité, il faudrait plutôt dire « activité lucrative ».

— Je disais ça avec les guillemets bien sûr.

— La place que j'occupe est un devoir, pas une vocation. Si j'avais vraiment eu le choix, j'aurais aimé être archéologue, ou ce qui est bien plus vraisemblable, agent immobilier.

— Et pourquoi ne pas avoir emprunté ces autres voies ?

— Je suis l'aîné et en tant que tel, lorsque mon père quittera cette vie, je devrai lui succéder. C'est dans mon sang et dans mes gènes. Pas d'autre choix possible. Je dois lui faire honneur. Et en attendant je suis son second. Mon petit frère, Giano, doit aussi se tenir prêt s'il m'arrive quelque chose. Et ma sœur cadette Giulia, tient les rênes de la comptabilité du *business* familial. C'est une histoire qui nous lie les uns aux autres. Et rien ne peut changer ça. Ajouta-il en dégommant une autre boule, qui rentra directement au bon endroit.

— La loi du sang !

— Exactement ! Un peu comme vous et ce qui vous arrive. Sauf que vous étiez dans l'ignorance.

— Oui enfin une lignée royale n'est pas tout à fait la même chose qu'une lignée mafieuse. En tout cas, je n'ai pas été élevée avec ces principes de transmission et de succession. Tout ce poids futur sur mes épaules, je ne sais pas si je dois ou si je pourrai le porter et l'assumer. Je n'ai pas d'attaches avec eux, tout est trop soudain et récent. Dis-je en loupant mon tir de peu.

— Je vous comprends, mais cette famille compte sur vous et vous pouvez faire changer les choses.

— Je verrai. En reparlant de votre situation, vous disiez que vous n'aviez ni femme, ni enfant, mais vous semblez être jeune et avoir le temps pour ces choses-là.

— Je ne sais pas encore si je suis prêt pour cette aventure. J'ai trente-six ans, et j'ai déjà peu de temps à moi. Ma vie est risquée. Je ne serais probablement pas assez disponible pour celle qui occuperait ma vie à temps plein. Et je n'ai pas encore trouvé, celle qui mérite de prendre cette place. Je n'ai jamais présenté personne à ma famille. Au grand dam de ma grand-mère. Personne de digne et qui m'ait fait voir la vie autrement.

— Et votre mère ?

 Il arrêta son geste et pendant quelques secondes garda les yeux dans le vague.

— Elle est décédée… il y a près de trois ans. C'était une femme merveilleuse.

— Je suis désolée. La mienne aussi est décédée il y a trois ans, d'un infarctus. Enfin vous devez déjà le savoir.

— En effet, mais ça ne m'empêche pas d'être vraiment navré pour vous également. Malheureusement, nous devons tous affronter ce genre d'épreuve un jour ou l'autre. En tout cas, pour ma part, ma mère ne méritait pas de mourir. Un dommage collatéral lié à notre statut.

— Elle a été assassinée ?

— Je préfère ne pas en parler. Revenons à ma vie de « queutard ». Ou tiens ! Plutôt à vous.

— Je pense que ma vie n'a plus de secret pour Don Milo.

— Je sais beaucoup de choses en effet. En premier lieu : vous êtes nulle au billard. Dit-il en rentrant déjà presque la totalité de ses boules rayées.

— Ah oui ? Ma vie ne se résume pas qu'à ça.

— Deux : vous ne savez pas choisir vos hommes.

Quel connard, comment ose-t-il !

— Trois : vous avez du caractère, mais vous vous bridez.

— Comment ça ?

— On sent de la frustration en vous. Vous vous pliez au bon vouloir des autres sans vous imposer. Vous déménagez sans conviction dans un nouvel endroit. Vous avez quitté un travail pour végéter dans une vie de femme au foyer qui ne doit pas vraiment vous épanouir. D'ailleurs, il faudra m'expliquer un jour votre métier, archiviste c'est ça ?

— Vous n'avez pas le droit de me juger. Hormis le caractère singulier de mon travail, qui au moins est légal, je ne suis pas du tout d'accord avec vous.

Je m'avançai vers le petit frigo et en sortis une bouteille de blanc bien fraîche.

— Tenez, débouchez-moi ça. Lui ordonnai-je avec colère.

Il souriait et se rapprocha dangereusement de moi. Il prit la bouteille que je lui tendis avec délicatesse, tout en caressant légèrement ma main que je retirai immédiatement.

— Bien princesse ! J'aime les femmes qui s'affirment.

— Je ne suis pas votre princesse.

Il me servit un verre déraisonnable et me l'apporta. J'en bus une bonne partie.

— Fini de jouer, mon sort n'est pas encore scellé et je compte bien vous mettre une raclée ! dis-je en reprenant la partie.

J'enchaînais d'une traite les bons coups jusqu'à atteindre l'égalité avec mon geôlier, et me trouvais à devoir faire rentrer en trois bandes, la fameuse boule noire.

— Ah ! Voilà enfin une belle partie et une concurrente sérieuse.

— Je ne supporte pas que l'on me sous-estime.

Je le défiai du regard et me penchai de nouveau sur le billard, en visant les points stratégiques souhaités. Je retins mon souffle et me lançai. La boule blanche atteignit les deux bandes visées, mais dévia de quelques millimètres de sa trajectoire, ce qui fit sortir la boule noire de son axe, qui ricocha au mauvais endroit et fit rentrer par erreur la boule blanche.

Oh nonnnnnnn !

— Voilà une excellente remontée, mais une défaite cuisante. Je suis désolé pour toi.

— Ce n'est pas juste. Et ça ne vous permet pas de me tutoyer.

— Je suis malheureusement le gagnant, et le maître des lieux. Et je préfère te tutoyer, maintenant qu'on se connaît un peu plus.

— Comme tu veux. Et quel sera le gage ?

Il fit le tour du billard et avança vers moi, jusqu'à venir au-delà de ma zone de réserve comme lors du vernissage, sur le balcon, où nous avons engagé pour la seconde fois la conversation. Son odeur était envoutante, excitante. Il n'avait aucune imperfection. Son visage se rapprochait du mien, et je me rendis compte que je ne reculais pas. Ses lèvres se retrouvaient à quelques millimètres des miennes.

— Tu sais ce que je veux… me dit-il d'un ton suave.

J'avalai ma salive et pris conscience de la limite de cette situation. Je me forçai à reculer d'un pas pour retrouver mes esprits, et ne pas céder à ses avances.

— Je suis fatiguée, merci pour la partie. Je vais me coucher.

Je reposai la queue sur son socle et quittai la pièce à toute vitesse.

En revenant dans ma chambre, ma tête tournait. Je visualisais encore ses lèvres lascives, humides et désirables voulant m'embrasser, et ce regard pénétrant, qui je dois bien l'avouer, me mettait dans tous mes états depuis notre première rencontre.

Mais je sais que son comportement n'est qu'un simple jeu, et qu'il ne cherche qu'un trophée de plus. Un provocateur voulant étoffer la liste de ses conquêtes. Et le graal pour lui, serait de mettre dans son lit une de ses otages. Cependant à l'instant où je m'installai face à la fenêtre, je réalisai de nouveau à quel point l'échec de mon mariage était cuisant. Nos vœux avaient été rompus, malgré ma fidélité à tout épreuve.

Donc même si ma raison m'incitait fortement à me préserver, d'un autre côté, malgré ma droiture j'avais désormais le droit de faillir et d'accepter de succomber au fait que mon corps rêvait du sien. Je commençai à être éprise de mon ennemi. Lorsque je retournai jusqu'à mon lit, je me rendis compte qu'une grosse boîte y avait été déposée. Je soulevai le couvercle avec méfiance, et fut surprise de constater que mon ordinateur et mon téléphone portable s'y trouvaient.

Oh mais ça alors ! Tout ça n'était qu'un prétexte ? Pourquoi...

Je constatai qu'un mot y avait été déposé : *pour votre sécurité, veillez à ne pas publier d'informations sur les réseaux sociaux, et restez vague avec vos proches lorsque vous communiquez par messages privés.*

Pour essayer de ne plus avoir cette question en boucle dans ma tête, j'allumai mon portable et mon ordinateur, et j'appliquai les consignes à la lettre, en consultant mes différentes applications et en répondant à quelques mails. Sans m'en rendre compte, je finis par m'assoupir aux aurores.

Je ne m'éveillais qu'en fin de matinée, happée par les gazouillis de Capucine de l'autre côté de la porte. À ce bruit, je sautai du lit, affolée. Mais sur le seuil, Anita était là, elle tenait Capucine dans les bras et la faisait virevolter au-dessus d'elle.

— On ne voulait pas vous réveiller Nora.

— Oh ! Excusez-moi, je n'ai pas entendu le réveil, ni Capucine.

— Ne vous inquiétez pas, je m'en suis occupée. Cette petite s'est levée vers huit heures et je lui ai donné le biberon. On a aussi fait un tour dehors, et je crois qu'elle aime mener toute mon équipe par le bout du nez. C'est une vraie petite reine ici.

— Tant mieux !

— Vous aviez besoin de dormir, il n'y a pas de soucis, j'ai moi-même élevé plusieurs enfants et je n'ai pas oublié. Si besoin je peux vous aider.

— C'est très gentil. Je vais me préparer et je vais appeler mon mari. Enfin plutôt mon futur ex-mari.

— Bon courage ! Je vais coucher la petite, je crois qu'elle va faire une bonne sieste avant le déjeuner.

— Je vous remercie.

Une demi-heure plus tard, j'étais prête et installée sur le bord du lit, fixant le numéro que j'allais devoir appeler et je me préparais à une déferlante de reproches.

Après deux tonalités, il décrocha.

— Allo Gustave ! C'est moi… Nora.

— Mais qu'est-ce que tu fous, bordel ? Tu es où ? Pourquoi ne me donnes-tu plus de nouvelles depuis des jours ? Et où est Capucine ?

— Calme-toi !

— Tu me dis de me calmer, mais je suis mort d'inquiétude. J'ai cru qu'on t'avait enlevée !

— Non ce n'est pas ça. J'ai décidé de récupérer Capucine chez ma tante, et de partir un peu en vacances après mon séjour à Alpini.

— Que s'est-il donc passé là-bas ? Pourquoi ne rentres-tu pas ?

— J'estime que je n'ai plus de compte à te rendre, car on peut vraiment dire que c'est « l'hôpital qui se moque de la charité ». Je suis au courant de tout… de ta double vie, de ta relation avec ton ex et de l'existence de ton enfant illégitime.

Un silence assourdissant régna dès qu'il entendit ces mots sortir de ma bouche.

— C'est n'importe quoi… finit-il par rétorquer.

— J'ai fait appel à un détective privé et j'ai des preuves. C'est pour ça que j'ai voulu prendre du recul avec ma fille.

— Tu n'as pas le droit de faire ça ! Kidnapper notre enfant c'est impardonnable !

— Tu te moques de moi ? C'est ma fille, et moi au moins, je suis honnête envers elle. Ce n'est pas comme toi, qui nous trompes depuis des années. Comment as-tu osé me trahir et autant me mentir ?

— Je je je… écoute c'est compliqué, mais c'est vous deux que j'aime.

— Ce serait trop facile de me faire croire ça… après tous tes mensonges, les faux prétextes de voyages à Paris. Notre mariage n'aura été qu'un leurre.

— Non chérie, je suis trop con, excuse-moi.

— En plus tu fais en sorte de me culpabiliser depuis qu'on a déménagé. Tu n'es qu'un manipulateur égoïste.

— Je vais quitter Hélèna, c'est ce que j'aurais dû faire depuis le départ. Je vous aime si fort. Dit-il en sanglotant.

— C'est trop tard. Je ne te crois plus. J'ai sacrifié ma carrière, rompu mes relations avec mes parents, et ma mère… en est morte ; tout ça pour te suivre et devenir ta petite femme docile. Tu n'es qu'un hypocrite. Je ne veux plus jamais te revoir. Alors laisse nous tranquilles. Notre mariage est terminé.

— Non tu n'as pas le droit de me quitter et de prendre ma fille !

— Oh que si. Je vais continuer mon séjour avec elle, jusqu'à ce que j'ai réglé la situation. Et lorsque je serai prête, je viendrai récupérer des affaires. Évidemment, je souhaite divorcer. Mais ne t'inquiète pas, je ne veux rien de toi. Garde ton mas, ta fortune, et ta famille.

— Attends, attends Nora, ne raccroche pas. Essaye de réfléchir ! D'accord ? Je suis fou de toi. Tu ne peux pas tirer un trait comme ça sur nous et notre mariage. Je te laisse du temps pour réfléchir, mais je t'en supplie… ne me quitte pas. Je ne suis rien sans vous.

— Dis-le à ton autre femme. Elle saura te dorloter et prendre soin de toi. *Tchao* !

Je raccrochai brutalement, lasse d'entendre ses belles paroles auxquelles je ne croyais absolument pas, et de rage, je lançai le téléphone à l'autre bout de la pièce. À ce moment précis, je me sentis plus légère, en phase avec moi-même. Comme si je découvrais tout à coup le chemin que je devais emprunter, libérée des chaînes invisibles qui m'emprisonnaient depuis des années. Après m'être ressaisie une pensée me vint, celle de contacter Églantine afin de la rassurer sur mon sort. Je repris mon téléphone qui était resté indemne après son vol plané, et lui envoyai un message laconique qui toutefois je l'espérai, allait les apaiser, elle et la Princesse.

Puis, pour enfin commencer cette journée, j'eus une soudaine envie de manger quelque chose de sucré. Je descendis à la cuisine et fis comprendre aux employés, mon désir de pâtisser en leur montrant sur mon téléphone dont l'écran s'était fêlé, une recette de cookie maison. Pour se faire, je farfouillais dans les placards et trouvais tous les ingrédients nécessaires. Magda et Lucia m'observaient amusées. Je finis par mettre ma préparation au four et après une vingtaine de minutes, j'obtins des cookies épais et gonflés. L'odeur de sucre et de chocolat embaumait la cuisine. Certes, nous ne parlions pas la même langue, mais je compris rapidement que Magda et Lucia voulaient goûter mes pâtisseries lorsque je les sortis du four.

— Prenez-en, allez-y, c'est meilleur chaud ! leur dis-je en leur tendant l'assiette remplie d'une douzaine de cookies aux pépites de chocolat.

Les filles me remercièrent et soufflaient légèrement dessus, avant d'avaler leur première bouchée.

Les yeux ronds, elles levèrent les pouces pour m'indiquer qu'elles appréciaient beaucoup le résultat.

Lorsque Anita rentra dans la cuisine, Magda et Lucia se précipitèrent à leurs fourneaux, la tête baissée.

— Mmmmm ça sent bon ici ?

— J'ai fait des cookies, vous en voulez ?

Anita acquiesça, et fut étonnée par ce petit biscuit qu'elle ne semblait pas connaître.

— Très bon ! Ce n'est pas américain ?

— Si ! Vous avez raison. Simple à faire et c'est toujours un succès.

Elle regarda d'un air sévère ses employés et m'invita ensuite à la suivre pour boire le thé.

Nous nous installâmes dans une petite véranda orientée plein sud, donnant sur un jardin exotique aux multiples couleurs.

— Je voulais vous voir pour savoir comment ça s'était passé avec votre mari ?

— Et bien la conversation ne fut pas agréable, mais nécessaire. Je lui ai dit que j'avais tout découvert et c'était à cause de cela que j'étais partie avec Capucine.

Normalement il a compris, et ne se doute pas de la vraie situation. Je pense qu'il ne fouinera pas.

— Parfait ! C'est mieux ainsi.

— Milo va revenir bientôt ?

— Vous savez, avec cette affaire si sensible et vos vies qui sont mises en danger, je ne peux vraiment pas vous dire…

J'étais déçue par cette réponse, même si je m'y attendais.

— Je comprends, j'imagine que nous sommes tous dans une posture délicate.

— Je le crains, et c'est un euphémisme. Se heurter à ce genre d'ennemi, on n'en sort pas indemne. Toutefois j'ai confiance en mon petit-fils.

À ces mots, j'éprouvais un sentiment étrange, mêlé de peur et d'inquiétude lorsque je pensais à Milo.

— Il fait ça aussi pour son père…

Anita semblait surprise en m'entendant dire cela.

— Il vous en a parlé ?

— Oui, il m'a tout expliqué concernant l'affaire entre Franklin et votre fils.

Le regard obscurci de colère, Anita reposa sa tasse de thé en tremblant légèrement, et manqua de la renverser.

— *Ques't uomo è un marciume !*

— Pardon ?

— Oh excusez-moi, je voulais dire que cet homme est une pourriture. Je n'ai pas toujours été du côté de mon fils, à ce qu'on peut attendre d'une « *mamma* italienne », mais ce Duc a été un *manipolatore*[10]. Je prie chaque jour pour qu'il soit libéré, même si je sais que *mio figlio non è un angelo*[11].

— Je ne comprends pas tout.

— *Mi scusi*[12] ! Lorsque je suis énervée je ne me rends pas compte que je parle italien. Mon fils n'est pas un ange, mais je l'aime. Après la perte de ma belle-fille, Angela, qu'elle repose en paix, il a été beaucoup moins vigilant, et ne s'est pas rendu compte du complot qui se tramait contre notre famille. Je ne connais pas tous les détails, car je sais que Milo me préserve, mais ce que je sais, c'est que le véritable diable dans cette histoire, c'est le Duc de Palissis.

---

[10] Un manipulateur.
[11] Mon fils n'est pas un ange.
[12] Excusez-moi !

Nous avons aussi des soupçons sur son implication dans l'assassinat d'Angela.

— Attendez, votre belle fille a été tuée ?

— Oui, il y a presque trois ans. Elle a eu un grave accident. Sa voiture aurait été sabotée. Cependant rien ne relie cet évènement à ce *diavolo*[13]. Je veux dire, ce diable.

C'est une vengeance plus personnelle que cela en a l'air.

— Ce qui vous arrive est invraisemblable. Milo ne m'a dit que peu de choses. Mais je sais que vous êtes une jeune femme sans histoire, tout comme votre famille. Et votre petite fille si magnifique ne mérite pas de vivre ce genre de chose. Nous ferons tout pour vous aider. Dit-elle en me tenant les mains.

La sincérité de ces paroles m'alla droit au cœur. Depuis mon arrivée dans ce refuge, je commençais à baisser progressivement ma garde. Au fil des jours passés ensemble, Anita faisait preuve d'une grande gentillesse et de compassion envers moi et envers ma fille. Elle me rappelait ma mère, et au fond de moi, cela me faisait le plus grand bien. Ce sentiment d'être protégée et dorlotée, même si l'histoire de cette famille n'est pas blanche comme neige, je crois finalement que cette bienveillance était sincère. Il valait mieux que je cesse de me battre, et me laisser porter par les bons sentiments d'Anita.

— Bon ! Passons à un autre sujet, afin de rendre votre séjour plus agréable. Bien que nous ne puissions sortir, je voulais vous proposer certaines activités. Et je pense qu'une de nos pièces va particulièrement vous intéresser. Venez avec moi.

---

[13] *diable.*

Intriguée, je suivis mon hôtesse en direction d'un rez-de-jardin *design*.

— Milo m'a confié que vous étiez une grande sportive !

Vous devez être frustrée de ne pouvoir vous évader pour prendre l'air. Voici notre salle de fitness, avec tous les équipements adaptés. Tapis de course avec écran d'immersion, vélo elliptique et appareils de musculation. Je sais qu'on ne dirait pas, mais je fais ma séance de fitness tous les matins.

— C'est vrai ? demandais-je impressionnée.

— Quel âge me donnez-vous ?

— Je préfère ne pas jouer à ce genre de jeu avec une femme membre d'un cartel mafieux.

Elle éclata de rire et avança jusqu'à la baie vitrée.

J'étais émerveillée par cet espace ouvert, offrant une vue imprenable sur la fameuse plage qui était à côté du domaine.

— Oh ! C'est magnifique.

— Oui je sais, d'ailleurs vous pouvez également méditer. Nous avons des tapis de yoga, de la musique zen, et même de l'encens si besoin.

— En tout cas vous avez raison, je pense que venir ici va me faire un bien fou.

— Je m'occuperai de Capucine avec plaisir si vous me le permettez. Je n'ai pas de petits enfants malheureusement, et c'est vrai que ce genre de chose me manque.

— Merci à vous pour votre aide. Capucine semble déjà vous avoir adoptée.

— Ah et si vous manquez d'idées pour combler votre temps libre, je peux vous apprendre quelques recettes typiques et emblématiques de notre pays.

— Pourquoi pas !

— En échange, j'aimerais connaître quelques recettes françaises.

— Je ne suis pas la reine des fourneaux, mais je ferai ce que je peux.

— Très bien ! Je suppose que vous voulez tester notre salle dès maintenant ? Dans le vestiaire à côté il y a des vêtements de sport et des baskets qui vous iront je pense. Néanmoins s'il vous manque quelque chose, revenez vers moi. Ça va aller ?

— Oui aucun souci.

— Très bien, je vous laisse alors !

Je la remerciai encore une fois et allai me changer.

She wolf de David Guetta[14] raisonnait dans la pièce, tandis que j'arrivai au septième kilomètre de ma course sur le tapis. Face à moi, sur l'écran immersif, défilait un paysage féerique, la forêt de Huelgoat située dans le parc régional d'Armorique dans le Finistère. Cette expérience sensorielle était à la fois surréaliste et dépaysante. Cette petite bulle de plaisir me fit un bien fou. Je me sentais libre et apaisée, même si dans les faits, c'était encore loin d'être la sérénité. Soudain, j'imaginai Milo s'avançant vers moi. Son visage s'approchait du mien, cela me rendait toute chose. L'excitation se mêlât à l'endorphine générée par ma séance de sport. Une pulsion incontrôlable m'envahit subitement, et je ressentis montrer une envie profonde et irraisonnée dans mon bas ventre. En sueur et un peu déshydratée, j'arrêtai la machine. Le cœur encore battant, je pris la serviette blanche et m'essuyai le visage, essayant de réprimer les idées malsaines qui traversaient ma pensée. *Allez reprends toi ! Oublie ça...*

---

[14] Composteur, producteur et DJ français.

Je décidai ensuite d'essayer, pendant une petite demi-heure, le sauna aux pierres chaudes qui était installé près des douches. Les yeux clos, je me laissais emporter malgré moi dans ce tourbillon de désir. J'imaginais ses mains tatouées me caressant la poitrine, ses lèvres mordant avec fièvre les miennes humides et lascives. Il me soulevait et m'allongeait avec fougue sur le billard de sa garçonnière, comme si le temps lui était compté et qu'il ne pouvait plus se maîtriser. Avec hâte, j'enlevai son t-shirt blanc et dévoilai un corps qui semblait être sculpté dans le marbre tel un dieu grec. Sa peau bronzée était si alléchante que je n'avais qu'une envie, laisser glisser mes mains plus au sud et libérer sa virilité qui me hantait. Mon corps humide s'embrasa littéralement. Ma respiration devenait suffocante à cause des vapeurs qui se dégageaient du sauna. Je sortis enfin de cette torpeur. Il était temps de prendre une bonne douche froide pour calmer mes ardeurs !

Quand je remontai au salon, je vis Capucine qui jouait à la dinette avec certaines pièces de vaisselle en porcelaine, dont une partie était encore exposée dans la vitrine d'un vaisselier, la porte étant restée entrebâillée.

— Oh non ! Capucine, repose ça, c'est fragile !

Lorsque je m'approchai d'elle, Anita était agenouillée derrière la porte farfouillant dans une armoire basse en bois sculpté.

— Nora ne vous inquiétez pas, c'est moi qui lui ai donné tout ça pour jouer. C'est de la vieille vaisselle qui appartenait à ma belle-famille, et je souhaitais m'en débarrasser.

— Ouf ! Vous me rassurez !

— Les jouets du coffre dans sa chambre ne semblaient pas l'attirer. Et depuis qu'elle s'amuse avec la vaisselle, elle se régale. Je cherchais des accessoires, mais je crois n'avoir rien d'autre d'intéressant. Comme je vous l'ai dit, ça fait longtemps qu'il n'y a pas eu d'enfant de cet âge dans cette maison.

— Ne vous embêtez pas ! Même chez nous, bien que sa chambre soit pleine de jouets à profusion, Capucine préfère les boîtes vides ou les bibelots décoratifs pour s'amuser.

— Parfait ! Et sinon est-ce que cette séance vous a fait du bien ?

 Les joues roses et le corps encore vibrant, j'acquiesçai un peu gênée.

— Je me suis ressourcée et j'en avais grandement besoin.

— Au fait, je voulais vous demander quelque chose. Pourriez-vous préparer de nouveau ces fameux biscuits américains aux pépites de chocolat ?

— Oui bien sûr !

— Ça ne presse pas. On peut voir ça plus tard, comme il est bientôt l'heure de dîner.

— Aucun souci, je vous en ferai demain. Là je voulais donner le bain à Capucine. Est-ce que vous auriez une baignoire dans ce palais ?

— Oui venez avec moi, je vais prévenir le personnel de vous faire monter des serviettes.

Avec Capucine dans les bras qui se glissait au creux de mon épaule tellement elle était fatiguée, je me dirigeai vers la pièce que m'avait indiquée mon hôtesse. En ouvrant la porte, j'étais subjuguée par l'immensité de cette salle de bain. Au centre, se trouvait la baignoire qui de taille exceptionnelle ressemblait à un grand jacuzzi rond. Anita s'empressa d'y faire couler l'eau et y installa un thermomètre grand luxe en argent.

— Voilà, profitez bien mesdemoiselles.

Alicia entra au même moment, les bras chargés de serviettes et de peignoirs. Au sommet de cette pyramide de linge, la jeune femme maintenait un petit panier contenant des produits de toilette.

— *Non ho trovato un accappatoi delle dimensioni del piccolo !*

Anita lui répondit quelque chose et se retourna vers moi.

— Elle dit qu'elle n'a pas trouvé de peignoir à la taille de la petite.

— Cela ne fait rien on va se débrouiller. On a ce qu'il faut.

— Très bien, on vous met également à disposition du gel douche et du shampoing. À tout à l'heure.

Une fois le bain prêt, Capucine et moi nous y plongeâmes avec plaisir. Ma fille s'émerveillait à la vue des bulles de savon dont nous étions recouvertes et s'amusait à m'éclabousser. Cet instant de relaxation ne s'interrompit qu'au moment où Capucine eut presque vidé toute la baignoire.

Nous nous dépêchâmes d'enfiler nos peignoirs, puis avec le reste des serviettes j'essayai d'éponger l'eau éparpillée un peu partout. Capucine m'aida à sa manière, c'est-à-dire en tapant avec panache dans les flaques qui s'étalaient de plus en plus.

— Capucine ne fait pas ça ! Le sol va être encore plus glissant. Criai-je décontenancée.

Ma fille surprise, éclata en sanglots.

Tout ce vacarme devait s'entendre de loin, car quelques minutes après, Alicia frappa à la porte.

— *Va tutto bene ? Avete bisogno di aiuto*[15] ?

Confuse, j'ouvris la porte.

— Je suis désolée pour tout ça. Dis-je embarrassée.

Alicia me fit comprendre que ce n'était pas un souci, et réapparut en un temps record avec une serpillère et une raclette.

Tandis que la jeune femme réparait nos bêtises, je calmai ma fille et lui enfilai son pyjama.

Une fois prêtes, nous descendîmes enfin pour le repas. Anita nous informa qu'elle ne pouvait pas dîner à nos côtés en raison d'une affaire urgente, et nous laissa seules dans la salle à manger. Nous dégustions un velouté de butternut accompagné de gressins et d'autres biscuits salés. Ce repas était un délice… mais sans plus attendre, repues et fatiguées nous montâmes nous coucher.

Je déposai ma fille déjà somnolente dans son petit lit à barreaux, et à mon tour gagnai mon lit et m'endormis très rapidement. En plein milieu de la nuit, je me réveillais brusquement, assoiffée, et je décidai de me lever. J'enfilai la robe de chambre en soie blanche mise à disposition avec les chaussons coordonnées, puis je me dirigeai vers la cuisine. La demeure était plongée dans le noir, où régnait un silence assourdissant. Alors que j'arrivai discrètement au rez-de-chaussée, une lueur émanant du dessous de la porte du bureau où m'avait emmené Milo, attira mon attention. En m'approchant, j'entendis une voix qui chuchotait moitié en italien, moitié en français. C'était Anita. Elle semblait parler à son petit-fils au téléphone. Curieuse, je restai là un instant pour écouter ce monologue franco-italien. Il semblait qu'elle parlait de moi car elle

---

[15] *Tout va bien ? Avez-vous besoin d'aide ?*

cita mon prénom à plusieurs reprises, jusqu'à ce que j'entende ceci…

— Ce serait une aubaine si tu réussissais à la séduire. Tu te rends compte, une future Princesse. C'est l'unique stratégie qui sortirait notre famille de l'impasse dans laquelle elle se trouve. Milo, il faut que tu le fasses pour nous sortir de ce pétrin.

Je reculai de quelques pas outrée par ce que je venais d'entendre. Tout était donc manigancé. Il se rapprochait de moi pour m'embobiner. Anita ne devait pas être vraiment sincère, sa gentillesse et son dévouement devaient certainement être calculés. J'étais tombée dans cette famille qui, tout en me laissant croire qu'elle me protégeait, se servait de moi pour en venir à ses fins. Je ne devais surtout pas tomber dans leur piège.

Furieuse je remontai dans ma chambre et je ressassais avec inquiétude le scénario qui se tramait.

Le lendemain matin, toujours remontée par ce que j'avais entendu, je faisais les cent pas dans ma chambre, tandis que Capucine était installée sur le lit en train de jouer avec les taies d'oreiller.

Qu'est-ce que je peux faire pour nous sortir de là…

Avant même que je réussisse à imaginer un plan, Anita frappa à la porte et entra avec un sourire jovial.

— Bonjour Mesdemoiselles, avez-vous bien dormi ?

Je lui réponds brièvement en prenant Capucine dans mes bras.

— Je comptais descendre dans la cuisine pour vous préparer les cookies.

J'allais en effet lui faire ces fameux biscuits, mais en y rajoutant certainement quelque chose de particulier. Un ingrédient invisible… ma salive, pour me venger quelque peu de cette manipulatrice.

— Voulez-vous que je m'occupe de Capucine en attendant ?

— Non c'est bon, je vais la prendre avec moi, et l'installer dans sa chaise. En règle générale elle adore m'aider en léchant la cuillère recouverte de pâte.

Anita semblait déçue, mais elle n'insista pas et me laissa vaquer à mes occupations.

Je pris de la farine, du beurre, un œuf, de la levure, du sel, des pépites de chocolat et du sucre, puis commençai à mélanger les ingrédients dans un saladier à l'aide d'une spatule en bois, d'un mouvement rapide et énergique rythmé par l'intensité de mon énervement. Je travaillais vigoureusement la pâte, tandis que Capucine qui était à mes pieds jouait tranquillement avec quelques ustensiles, dont le verre doseur en plastique que je lui avais confié.

Magda m'observait avec curiosité, pendant qu'elle s'attelait à la préparation du déjeuner.

Toujours dans mes pensées, je ne percevais pas l'agitation extérieure qui semblait régner. Magda arrêta ce qu'elle faisait pour observer ce qui se passait par une des fenêtres. Et tout à coup, un petit point rouge apparu sur ma poitrine. Des cris d'affolement et des coups de feu retentirent au même moment. Une déflagration brisa une des vitres devant laquelle je me trouvais, et le saladier en verre que je tenais entre les mains vola en mille morceaux qui tombèrent juste à mes pieds. Je ressentis alors une intense brûlure qui se propagea très vite dans tout mon corps. Je ne compris pas tout de suite ce qui m'arrivait. Impuissante et effarée je regardais mes mains ensanglantées. Magda

était allongée, inerte, alors que ma fille hurlait accrochée à ma jambe au milieu des débris de verre.
C'est quoi ce bordel ?

13

La fuite

En une fraction de seconde, je m'accroupis derrière l'îlot central et agrippai Capucine qui se recroquevilla au creux de mes bras, apeurée et désorientée. Nous étions blotties l'une contre l'autre, pétrifiées par cette scène d'horreur qui s'était déroulée sous nos yeux. Lorsque soudain, une voix me sortit de ma torpeur.

— Restez où vous êtes ! me cria un des agents de sécurité que j'avais déjà croisé plusieurs fois.

L'homme au costume noir recouvert de tâches de sang, tirait à bout portant sur l'ennemi qui tentait de gagner du terrain.

Je bouchai les oreilles de ma fille et tentai de la rassurer du mieux possible. Lorsque mon regard croisa celui de l'agent de sécurité qui semblait inquiet, je sus que la situation n'allait pas s'améliorer. Des balles pleuvaient dans toute la cuisine et ricochaient sur les murs. L'îlot en granit semblait tenir le coup face à cette attaque massive, mais pour combien de temps encore ?

Le garde du corps vint s'abriter à côté de moi, il ripostait comme il le pouvait. Lorsque la déferlante de tir finit par s'essouffler, l'homme attrapa mon bras et m'ordonna de courir le plus vite possible en direction de la salle à manger. Je pris une grande inspiration, et fit bouclier avec mon corps pour protéger Capucine, tout en me précipitant vers la porte.

— Au fait, je suis Roberto ! se présenta-t-il, avant de décharger une nouvelle fois son arme sur un individu en tenue militaire, qui tentait de pénétrer par une des portes fenêtres à l'opposé de l'immense table à manger.

— Je suis Nora !

— Je sais Madame ! Ce qu'on va faire, c'est renverser cette table pour qu'elle nous permette d'atteindre l'entrée.

— Et ensuite ?

— On avisera !

Roberto me sourit légèrement pour se donner de la contenance. En voyant ses mains trembler, je sus que malgré son sang-froid il avait peur, mais je hochais la tête pour lui montrer que j'approuvais son plan. Capucine ne se débattait pas, elle restait toujours collée à moi, sans bouger. J'aidai tant bien que mal Roberto avec la table, puis longeai le couloir dessiné par cet aménagement de fortune afin de nous rapprocher de notre objectif.

L'agent sortit une seconde arme dissimulée sous sa veste, et il la pointa dans la direction de la double porte d'entrée.

— On y va !

L'atmosphère était étrangement calme. Roberto était devant moi, pointant toujours son arme en direction du hall. Il me fit alors signe de passer derrière lui.

— Longez l'escalier sur la gauche, et au bout sur votre droite juste avant le bureau, vous allez voir une porte dérobée. Ouvrez-la, elle mène au sous-sol. Je vous rejoins tout de suite.

Sans perdre de temps, je suivis ses instructions, mais un bruit sourd me fit sursauter. La porte d'entrée avait littéralement explosé, projetant Roberto presque jusqu'à mon niveau.

— Oh mon dieu ! criai-je désemparée en découvrant le corps sans vie de l'homme de main. Je cachai aussitôt les yeux de ma fille.

Malgré le choc, mon instinct de survie me permit de me ressaisir. J'ouvris rapidement la porte qui donnait sur un escalier seulement éclairé par un néon clignotant.

Où est-ce que je vais ?

Je continuais de descendre la vingtaine de marches dans la quasi obscurité, et finis par atteindre un niveau inférieur. Il valait mieux ne pas tenter d'actionner l'interrupteur, afin d'éviter de se faire repérer. Je me fiai donc aux différents blocs de secours lumineux pour m'orienter, lorsque brusquement un bras m'encercla la gorge, et une main me recouvrit la bouche.

— Ne crie pas ! C'est moi Milo.

Ma respiration saccadée, retrouva progressivement un rythme plus lent.

Milo me prit la main, et à l'aide de la lumière de son téléphone, nous nous dirigeâmes vers une place de parking où était garée une Lamborghini Urus V8 noire.

— Mets-toi à l'arrière avec la petite et allongez-vous au sol. Le blindage devrait nous aider pour parvenir à sortir d'ici.

— Mais pour aller où ? Et qu'est-ce qui se passe ?

— Je t'emmène en lieu sûr ! Je t'expliquerai le reste plus tard, on n'a pas le temps. Allez, monte !

J'obéis et m'installai le mieux possible sur le sol du véhicule, en enveloppant Capucine autant que je le pouvais.

Mon dieu, faites qu'on s'en sorte !

Milo sortit à toute vitesse du souterrain, en empruntant un long tunnel.

— Normalement ce chemin qui était autrefois une ancienne carrière condamnée et qu'on a réhabilité, va nous permettre de déboucher sur une voie d'accès qui se trouve à presque un kilomètre du château. J'espère que ça nous donnera un peu d'avance. Me dit-il en ne quittant pas la route des yeux.

— Lorsque la lumière du jour nous parvint dans l'habitacle, Milo fit un dérapage contrôlé pour atteindre une route secondaire.

— Merde ! Il y a deux motards qui nous suivent. Dit-il en tapant violemment sur le volant.

J'entendis les projectiles ricocher sur la carrosserie. Milo slalomait dangereusement avec la voiture pour éviter d'être touché par les tirs de nos poursuivants.

En relevant la tête, je vis à travers la vitre un des motards qui se rapprochait, son arme pointée sur notre véhicule.

Soudain, Milo fit une embardée pour essayer de percuter le motard, il le heurta de plein fouet, et le choc violent le projeta en arrière.

Je resserrai mon étreinte autour de Capucine, et en pleurs, je priais en implorant le ciel de toute mon âme pour que tout cela s'arrête. Malheureusement, la scène d'apocalypse continua encore, jusqu'à ce qu'à bout de force, je finisse par m'évanouir.

Je fuis vers la lumière, cette lumière si chaude et fascinante qui m'attire vers elle... mais une ombre plane au-dessus de moi et me retient. Je tente de me défaire de ces chaînes sans y parvenir. Cette fumée noire prend la forme d'individus menaçants à la silhouette massive. Cette armée m'entoure de toute part et ces hommes prononcent des incantations à voix basse, presque inaudibles. Cette oraison funèbre devient de plus en plus claire au fur et à mesure qu'ils se rapprochent de moi... tu es à nous, tu es à nous... Nora, Nora, NORA, NORAAAAAAAAAAAAAAAAAAAAAA !!!!

— Nora ! Est-ce vous m'entendez ? Nora ?

Je m'éveillais en sursaut, Anita était à mon chevet.

— J'ai fait un cauchemar, un horrible cauchemar.

— Calmez-vous ! Tout va bien… tout va bien.

En regardant autour de moi, je m'aperçus alors que mon bras gauche était bandé et je compris que je n'avais pas halluciné, mais que j'avais réellement vécu ce drame.

— Où suis-je ? Où est ma fille ?

— À votre arrivée, notre médecin de famille a ausculté la petite et tout va bien, elle n'a aucune blessure physique. Elle s'est endormie presque aussitôt lorsque je l'ai couchée. Sa chambre est juste à côté de la vôtre, vous pouvez venir la voir si vous voulez.

J'acceptai tout de suite et la suivis dans ce lieu encore inconnu.

Lorsque Anita entrebâilla la porte, je vis effectivement Capucine endormie profondément dans un lit parapluie. Je percevais distinctement sa respiration lente et apaisée.

— Oui enfin je ne pense pas qu'elle puisse oublier totalement ce qu'on a vécu, et les scènes dont elle a été témoin.

— Ne vous inquiétez pas, les enfants sont de vraies forces de la nature. Elle est très jeune et elle ne le gardera pas en mémoire pour l'instant, ça n'aura certainement été qu'un mauvais rêve.

— Et dans le cas contraire ?

— L'avenir le dira, mais elle reste trop jeune pour que ça la marque vraiment.

Je frottais mon bras légèrement douloureux et engourdi par la bande de strapping.

— Oh oui, le médecin a vérifié votre blessure et elle n'est que superficielle. Par chance, la balle n'a fait que vous effleurer. Cela va vite cicatriser. Il vous a aussi injecté des antidouleurs, c'est pour cela que vous devez vous sentir engourdie. Les effets vont rapidement se dissiper.

— D'accord ! Et où sommes-nous alors ? D'ailleurs comment avez-vous réussi à fuir du château ?

— Un de mes gardes personnels m'a fait sortir à temps, nous avons pu quitter les lieux sans nous faire repérer grâce au souterrain d'urgence, celui qu'a utilisé Milo. Quant à cet endroit, nous sommes dans ce qu'on appelle, notre fort. C'est une résidence secondaire ultra sécurisée qui a été construite directement dans la roche. Nous sommes indétectables. Enfin presque, mais elle n'est pas facile d'accès. Je ne peux malheureusement pas vous en dire plus pour votre sécurité. En tout cas, cette habitation a été achevée il y a tout juste un mois. Nous l'inaugurons donc. Je vais vous faire visiter si vous voulez.

Les murs en béton gris faisaient penser à un bunker. Les pièces dans lesquelles nous pénétrions étaient très spacieuses, et la décoration contrairement à celle du château était très épurée. Peu de tableaux ou de fioritures. Seules d'immenses parois vitrées éclairaient et égayaient un peu les blocs de béton.

— Oh ouah ! Je n'ai jamais vu ça de ma vie ! dis-je en observant une mer déchaînée, dont les vagues venaient se briser avec fracas sur la vitre face à moi. Ce spectacle était un ravissement.

— Je vous l'ai dit, ce bunker a été construit dans la roche et fait corps avec elle. Ce qui nous permet de profiter de cette vue splendide et spectaculaire sur la mer.

— Rassurez-moi, cet aquarium est solide ?

— Oh que oui ! Ces verres ont été étudiées pour. Ils sont étanches et rien ne peut les briser. Leur épaisseur garantit le maintien de notre refuge au sec. Ici, nous sommes dans une résidence qui est beaucoup plus pragmatique que le château, c'est pourquoi il y a moins de pièces, juste le stricte nécessaire. Cependant, nous avons tout de même souhaité rajouter un espace détente, qui je dois le dire, est du plus bel effet.

Je la suivis vers l'ascenseur et nous descendîmes à l'étage inférieur, où je découvris une immense piscine dont les vitres dévoilaient l'univers fantastique des fonds marins.

— Oh la vache ! On se croirait vraiment dans un aquarium, ou dans un film de James bond[16].

— Oui, cette vue est à vous couper le souffle. Pour profiter au mieux de ce séjour, nous avons installé des chaises longues et une musique d'ambiance zen vous invite à la détente. Nous espérons que vous pourrez profiter au mieux de cette expérience. Voulez-vous vous reposer un peu ici ?

Je pourrai vous faire descendre une petite collation si cela vous fait plaisir. De l'autre côté, vous pouvez accéder au vestiaire dans lequel vous trouverez des peignoirs. Donnez-moi donc vos vêtements, ils sont tout déchirées et tâchés de sang, je vais vous faire apporter une autre tenue. Le seul bémol, c'est que nous n'avons pas encore eu le temps de penser à tout, et notamment à la garde-robe de nos invités. Cependant, nous allons faire le nécessaire le plus rapidement possible pour y remédier.

Je me contemplai dans le miroir qui se trouvait derrière moi, et je constatai avec effroi l'état dans lequel je me trouvais.

---

[16] Personnage de fiction crée par le romancier Ian Fleming en 1953. Bond est un agent secret britannique travaillant pour le MI6. Les romans de Fleming ont fait l'objet de plusieurs adaptations cinématographiques.

— Si ça ne vous dérange pas, j'aimerais bien prendre une douche.

— Faites, faites, tout est à votre disposition.

Avant qu'elle ne parte, je l'interpellai.

— Anita ! Excusez-moi mais j'aimerai éclaircir une chose. Avant l'attaque, j'ai surpris une conversation que vous aviez eu avec Milo par téléphone. Vous sous-entendiez qu'il devait me séduire pour obtenir un titre ou ce genre de chose, ce qui permettrait à votre famille de vous sortir de votre situation délicate ou je ne sais quoi… Anita ! Soyez honnête ! Tout est calculé ? Vous agissez avec moi que par intérêt ? Et Milo aussi ? Je suis consciente de ce que je représente et tous les enjeux qui en découle, mais je me sens comme un pion sur un échiquier.

— Nora ne vous méprenez pas ! Et avec compassion elle me serra dans ses bras. Cette conversation est sortie de son contexte. Nous nous sommes attachés à vous et à votre fille, et la seule chose que nous voulons c'est que cette histoire se finisse bien pour vous deux. Il n'y a que de la bienveillance, soyez s'en sûr. Vous pouvez avoir confiance en nous, je vous l'assure. Vous êtes méfiante ce qui est normal, et vous devez vous protéger. Toutefois croyez en notre bonne foi, même si cette parole vient d'une baronne de la mafia. Nous reprendrons cette conversation à un autre moment, lorsque vous serez reposée si vous le souhaitez. Allez-vous détendre, je vous laisse maintenant.

Un peu plus sereine, je remerciai Anita et partis me changer dans un des vestiaires. J'ôtai mes vêtements sales que je déposai dans un panier avant de profiter de la douche. Tout en me savonnant, je parcourus des yeux les nouveaux bleus qui côtoyaient les anciens sur ma peau.

J'étais courbaturée et endolorie, mais je m'estimais chanceuse d'en être sortie vivante, ainsi que Capucine.

Une fois propre, je m'installai sur un des transats, orienté vers les fonds marins, puis je sirotai les jus et grignotai la collation que l'on m'avait déposés.

Je m'assoupis quelques instants, j'étais hypnotisée par le paysage que je contemplais. Un certain temps plus tard, une sensation de fraîcheur me tira de ma sieste, ce qui m'incita à me lever et à reprendre en sens inverse le chemin que nous avions emprunté avec Anita. L'esprit encore confus, je me perdis rapidement. Lorsque j'atteignis un couloir dont je ne me souvenais plus du tout, je perçus un bruit et j'entendis des voix. Je me rapprochais alors de la porte entrouverte et reconnus celle de Milo. Lorsque mon regard se glissa à l'intérieur, je le vis torse nu, me tournant le dos, assis sur un bureau. Il était avec un homme en blouse blanche, qui semblait être en train de le recoudre. La plaie que j'aperçus ressemblait à un impact de balle. Un petit trou tout rond recouvert de sang coagulé.

— Tu t'es fait tirer dessus ? demandais-je sans me rendre compte que je ne devais pas être là.

Milo tourna son visage dans ma direction, l'air contrarié.

— Ce n'est rien !

— *Quest'uomo è solido, se la caverà !* dit le médecin en terminant sa suture.

— Qu'est-ce qu'il a dit ?

— Que j'étais un homme solide et que j'allais m'en sortir.

— Comment cela est-il arrivé ?

— Eh bien ! Je me suis interposé et la balle que tu devais recevoir en plein cœur a été déviée. Elle a rebondi et m'a percuté dans le dos.

Estomaquée, je restai sans voix.

— Enfin bref, on est en vie c'est l'essentiel. On a eu beaucoup de chance, car ces hommes faisaient partie du gang russe d'Oxof. Ce sont des mercenaires prêts à tout pour arriver à leurs fins. Ils ont été envoyés par le Duc, puisque juste après l'arrestation de mon père, Franklin s'est tourné vers eux pour assurer ses arrières. Ils sont de la trempe d'*al qaïda*[17].

— Mais comment nous ont-ils trouvés ? Enfin c'est peut-être de ma faute ! Lorsque j'ai appelé mon mari depuis mon portable ils ont sans doute pu me localiser.

Milo fit signe au médecin de quitter la pièce afin de nous laisser seuls. Lorsque ce dernier ferma la porte, il reprit ses explications.

— Non ne t'inquiète pas, nous avons fait ce qu'il fallait pour le crypter de manière à ce que tes appels ne soient pas localisables. Sauf bien évidemment si tu as communiqué sur les réseaux sociaux le lieu où tu te trouvais.

— Non j'ai suivi tes instructions à la lettre.

— On le sait. En fait, la fuite vient d'une taupe infiltrée dans mon équipe. Lorsque nous retrouverons ce bâtard, je vais le tuer de mes propres mains. Je n'aurais pas supporté qu'il t'arrive quelque chose ainsi qu'à Capucine. Vous ne méritez pas ça.

Sa sincérité et l'intensité de son regard si dur me déstabilisaient complètement, et à ce moment précis, je crus pourtant desceller en lui une faille ; il ne semblait pas aussi insensible qu'il voulait le laisser paraître. Cela me désarma, et ranima instantanément la flamme et le désir que je ressentais pour lui.

---

[17] Organisation terroriste islamiste.

Il a pris une balle pour me sauver la vie, ce n'est pas anodin, qu'est-ce que ça veut dire ?

Je suivis mon instinct et avançai doucement vers lui. Au fur et à mesure, je vis que les phalanges de ses mains devenaient de plus en plus écarlates, sous l'effet de la pression qu'il exerçait sur le rebord de la table sur laquelle il était assis. Il semblait stressé et de plus en plus crispé.

Lorsque je lui fis face, à seulement quelques centimètres de lui, je posai délicatement ma main, près de l'impact de la balle, et y dessinai un cercle du bout de mes doigts. Il m'arrêta de son bras opposé, puis m'attira brusquement contre lui. Il commença à me caresser le cou, et laissa descendre ses longs doigts fins tatoués le long de mon col ouvert qui laissait entrevoir ma poitrine nue. Il dénoua ensuite la ceinture de mon peignoir, sous lequel je ne portais pas de sous-vêtement. Il en profita et se leva soudainement. Puis de ses bras forts, il me souleva pour que je puisse enrouler mes jambes autour de ses hanches. Dans cette posture, il me plaqua contre la porte d'entrée et m'embrassa fougueusement, en me mordant les lèvres avec frénésie. Après quelques secondes, il fit volte-face et me déposa sur la table, gardant sa bouche collée à la mienne. Maladroitement, j'enlevai sa ceinture puis déboutonnai son jean. Lorsque je réussis à baisser son pantalon, je fus surprise de voir que lui non plus ne portait rien. Je le contemplais brûlante de désir, il était d'une virilité impressionnante et mieux que dans mes fantasmes… J'agrippai ses fesses rebondies et musclées l'incitant à s'approcher de façon plus sensuelle. Je vis dans ses yeux, qu'il mourait d'envie de pousser plus loin cette étreinte, jusqu'à ce que tout à coup… un de ses hommes entra sans frapper.

— *Merda ! Cosa stai facendo*[18] *?* cria-t-il furieux en faisant en sorte de me recouvrir.

— *Mi scusi signore ! È un'emergenza*[19] *!*

— *Sto arrivando ! Vai fuori di qui*[20] *!*

L'homme sortit de la pièce, gêné.

— Qu'est-ce qui se passe ? demandai-je en tenant mon peignoir fermement.

— Il y a une urgence, il faut que j'y aille tout de suite. Je suis désolé.

Perturbé, il remit son pantalon et enfila le t-shirt gris qui était posé sur la table. Prêt à partir, il s'arrêta sur sa lancée et se retourna vers moi l'air confus.

— Je crois qu'il est entré au bon moment finalement. Un mafieux et une Princesse ça ne fait pas bon ménage. Il vaut mieux en rester là. Je ne suis pas fait pour toi et je pourrais compromettre ton avenir.

Quoi ?

Mais avant même que je ne puisse répondre, il avait déjà quitté la pièce. Furieuse, anéantie et pleine de rancœur, je renouai la ceinture de mon peignoir et vexée, je retournai dans mes appartements.

Dans cette forteresse, les jours se suivaient à une allure bien plus lente qu'au château. Nous devions déborder de créativité pour occuper ces journées répétitives, enfermées dans ce bunker de verre. Suite à notre brève explication de l'autre jour, et après de nouvelles clarifications de la part d'Anita me rassurant sur la vraie nature de ses intentions envers nous, je finis par redoubler d'affection pour elle. Elle était toujours à nos petits soins, et demeurait notre seul

---

[18] *Merde ! Qu'est-ce que tu fais ?*
[19] *Excusez-moi Monsieur ! Mais c'est un cas d'urgence !*
[20] *J'arrive ! Sors d'ici !*

lien social, hormis les rares membres du personnel que nous croisions parfois furtivement. Ma rancœur contre Milo ne faisait que s'amplifier. Je comprenais son sous-entendu, mais refusais de l'accepter.

Alors que je couchai pour la énième fois Capucine dans son lit parapluie, fredonnant une comptine que me chantait ma mère, Anita se glissa dans la chambre.

— Nora, excusez-moi de vous déranger. C'était pour vous informer que ce soir vous dînerez avec Milo. Il a à vous parler. J'ai déposé une robe sur votre lit, je pense qu'elle vous ira comme un gant.

J'acquiesçai étonnée, et continuai de chanter ma petite chanson jusqu'à ce que les yeux clos de ma fille m'indiquent qu'elle était au pays des rêves.

La robe bleue nuit tunique, ressemblait à la précédente. Un style simple mais élégant. Les chaussures noires à talon avec de fines lanières, étaient stylisées et bien choisies. La rage au fond du cœur, prête à en découdre, je me vêtis rapidement. Je ne voulais pas me soumettre aux ordres et aux caprices de ce mâle dominant qui ne savait pas ce qu'il voulait. J'allais donc garder mes distances, tout en fixant mes règles.

À vingt heures, je descendis dans le salon, en tenue de soirée, les cheveux détachés et rebelles.

Il était là, avec un verre de whisky qu'il avait presque fini de boire, très élégant dans sa chemise blanche entrouverte et son pantalon de costume gris foncé. Lorsque nos regards se croisèrent, je remarquai ses yeux rougis et gonflés par la fatigue. Il semblait ne pas avoir bu qu'un seul verre. Il m'observa un instant, mais j'eu l'impression que son visage se fermait et qu'il voulait en quelque sorte m'éviter. *Je le rebute autant que ça ?*

Je m'approchai alors de la table garnie de sushis, sashimis et de petits bols remplis de sauces soja et de wasabi. Une bouteille de rosé était débouchée juste à côté d'une coupe en cristal. Je la saisis et me versai un peu de ce nectar. J'avais la gorge sèche et je vidais la moitié du verre sans pour autant être désaltérée. L'amertume du vin me provoqua un léger rictus. Je m'installai à table, tournant le dos à Milo, qui était toujours en train de fixer la mer déchaînée. Je terminai rapidement l'alcool qui me brûlait la gorge, puis me servis de nouveau.

Milo le regard toujours aussi sombre vint enfin me rejoindre, accompagné de sa bouteille d'Aberlour dix-huit ans d'âge presque vide.

— Voilà ! Je t'ai conviée ce soir pour t'informer que les choses ont évolué.

Il finit de boire son alcool ambré, et se racla la gorge avant de reprendre sa conversation.

Impassible, je l'observais avec froideur.

— Nous avons réussi à trouver un allié de poids avec qui nous avons conclu un marché il y a quelques jours. Par contre, cela ne nous laisse que peu de temps pour que tu puisses retourner en Alpini. Tu dois partir dès demain.

— Demain ? Et après je vais pouvoir rentrer en France et revoir mon père ?

— J'allai y venir. Tout dépend de ton choix… d'accéder dans un futur très proche au trône ou non. Revenons à cet allié dont je t'ai parlé. C'est Interpol. Ils nous ont contactés lorsque nous étions sur les traces de la taupe qui nous a trahis. Il le cherchait également. Et lorsque nous avons mis la main dessus les premiers, nous avons alors pu négocier. Notamment la libération de mon père, et en parallèle, ils ont de quoi mettre hors d'état de nuire ceux qui ont essayé de te tuer, les mercenaires d'Oxof. Maintenant, il reste Franklin. Seule toi peux le destituer légitimement de ses titres lorsque tu régneras, car tu auras le pouvoir de modifier la constitution avec les membres du comité des sceaux. Nous sommes en train de constituer un dossier que tu présenteras le moment voulu, pour réussir à les convaincre et obtenir l'unanimité des votes, ce qui manquait à la Princesse actuelle. Si tu y arrives, plus rien ne le protégera. Et qu'il disparaisse ou non ne sera plus un problème. Cela ne fera pas scandale.

— Et après, que se passera-t-il ?

— Le temps de couper toutes les têtes qui se retourneront contre toi, car la bande d'Oxof n'en est qu'une, tu seras sous surveillance absolue. Et il en sera de même pour ta famille.

— Et si je refuse de monter sur le trône ?

— Il te faudra partir avec ta fille, le plus loin possible et rester dans l'anonymat. Interpol te constituera une nouvelle identité dans un endroit que personne ne connaîtra, pas même moi. Il faudra que tu repartes de zéro, sans prendre contact avec ton père ou tes amis. Et ce pour une durée indéterminée.

— Avant de retourner en Alpini, je veux voir mon père et récupérer quelques affaires chez moi, en Provence. Ce n'est pas négociable.

— Je me doutais de ta réaction. Un jet sera affrété demain pour t'emmener chez toi, et ensuite voir ton père. Tu n'auras que vingt-quatre heures pas plus.

— D'accord !

— Parfait !

Nous nous toisions du regard, légèrement enivrés.

— Et c'est tout ?

— Oui ! Tu sais tout.

— Ah non autre chose ! Je sais que cette partie ne me regarde pas mais sur la table basse derrière toi, il y a une enveloppe dans laquelle se trouvent des papiers de divorce que tu pourras transmettre à ton mari. Nos avocats se sont penchés dessus, car étant donné ton nouveau statut particulier, il est nécessaire qu'il ne puisse faire aucun recours. Tu en fais ce que tu veux, c'était pour te rendre service.

Je me levai et décachetai l'enveloppe pour parcourir rapidement les documents.

— En effet, ça ne te concerne pas. Mais merci pour cette anticipation.

Le reste de la soirée, tourna entre piques et taquineries acides.

Lorsque le degré d'alcool fut à son paroxysme, mon esprit confus ne captait plus grand-chose. Des brides d'images saccadées constituaient ma réalité. Des reproches, de la colère, du désir, des regards brulants, une envie irrépressible de nous rapprocher, un balcon, un télescope, des étoiles qui tournaient autour de nos têtes, des baisers sauvages puis le trou noir.

Lorsque je repris conscience, un mal de tête épouvantable me vrillait le crâne, Je me rendis compte que j'étais en sous-vêtement dans une chambre qui n'était pas la mienne. La place à côté de moi était encore tiède, les draps étaient froissés et l'oreiller marqué.

Mais qu'est-ce qui s'est passé ?

Un bip assourdissant provenant d'un réveil qui se trouvait à côté de moi, indiquait sept heures. Quelques instants plus tard, je vis Anita apparaître dans l'entrebâillement de la porte.

— Nora ! Je suis désolée de vous presser, mais il faut vous préparer à partir. Notre voiture vous emmène à l'aéroport dans une demi-heure.

— Très bien, je me prépare. Anita ! Attendez ! Excusez-moi, mais pourriez-vous me donner du paracétamol et me dire aussi dans quelle chambre je me trouve ?

— Je vous apporte ça tout de suite. Au fait, je ne pourrai pas vous accompagner dans l'avion, car je suis cardiaque, et j'ai quelques soucis de santé, néanmoins Selma se fera un plaisir de jouer les nounous pour Capucine. Vous pouvez lui faire confiance.

— D'accord ! Merci !

— Ah oui ! Ici vous êtes dans la chambre de Milo ! ajouta-t-elle avant de disparaître.

Oh c'est pas vrai ! On a couché ensemble et je ne me souviens de rien ?

14

Le choix

Brignoles

Escortée par des agents de sécurité, la Mercedes noire dans laquelle j'étais assise, roulait dans l'allée du mas que j'avais quitté il y a déjà plus d'un mois. Tout semblait terne et lugubre. L'entretien du terrain avait été délaissé. Des centaines de mauvaises herbes recouvraient désormais la cour qui était auparavant tapissée de cailloux blancs, immaculés.

Lorsque la voiture s'arrêta, je vis celle de Gustave qui était garée dans la grange réhabilitée. Par précaution, Capucine était restée avec Selma dans l'avion. Il fallait que je me débrouille.

— Voulez -vous que l'on vous accompagne ?

— Non ça ira. Je n'en ai pas pour longtemps.

— Vous avez vingt minutes pas plus.

J'acquiesçai avant de sortir du véhicule et de me rapprocher nerveusement de la porte d'entrée.

Je constatai que celle-ci n'était pas verrouillée. En l'ouvrant légèrement, je fus frappée par l'obscurité qui régnait dans la maison.

Tout était sombre, il faisait froid, les volets étaient fermés et un silence de mort régnait. Je regardai autour de moi… Gustave n'était pas là. Je montai les escaliers et entrai dans notre chambre à coucher, et là non plus, il n'y avait pas âme qui vive. Je pris les deux grosses valises à roulettes qui étaient rangées sous le lit, puis commençai à y ranger mes souvenirs les plus précieux : les bijoux de ma mère, les albums photos et toutes les affaires auxquelles je tenais vraiment. De même dans la chambre de Capucine, je récupérai son bracelet de naissance, son premier doudou, ses jouets favoris, des peluches ainsi que quelques vêtements. J'y rajoutai des papiers précieux qui étaient dans le bureau désert du premier étage ; il s'agissait du reliquat des recherches que j'avais effectuées sur mes ancêtres. Après être passée dans la salle de bain, je descendis avec peine tous mes bagages jusqu'au rez-de-chaussée, quand soudain, je fus alertée par un bruit qui provenait du salon.

En m'avançant doucement, grâce à un léger rayon de soleil qui traversait l'embrasure d'un des volets, j'aperçus une silhouette avachie dans un des fauteuils. Par inadvertance, mon pied heurta des bouteilles vides qui jonchaient le carrelage, le bruit réveilla l'homme. Je vis alors Gustave qui semblait encore bien imbibé d'alcool.

— Qui est là ? Nora c'est toi ?

En se frottant les yeux, il alluma la lampe qui se trouvait à côté de lui et se tourna brusquement vers moi. En me reconnaissant, il bondit du siège et vint près de moi pour m'enlacer. Il puait le bourbon et ne semblait pas s'être lavé depuis plusieurs jours. Sa chemise bleue était tachée de transpiration, il n'était pas rasé et avait les traits tirés.

— Qu'est-ce que tu fais ? dis-je en tentant de le repousser.

— Tu es revenue ! Tu ne m'as pas quitté !

—Tu te trompes… je suis venue récupérer des affaires et je repars.

— Où est Capucine ?

— En sécurité !

— Tu ne peux pas partir ! Tu es à moi.

— Je ne crois pas non. D'ailleurs je pensais que ton autre femme était déjà venue s'installer ici.

— N'importe quoi. Elle ne compte pas pour moi.

— Et ton fils non plus ?

Son silence gênant en disait long.

J'en profitai pour sortir de mon sac à bandoulière, l'enveloppe kraft pliée en deux dans laquelle se trouvaient les papiers du divorce.

Gustave saisit les papiers que je lui tendais, et lorsqu'il en découvrit le contenu son visage se transforma. Il blêmit et avait l'air pathétique, cependant son abattement laissa vite place à la colère.

— Tu n'as pas le droit ! Je ne vais jamais signer ça. Tu es à moi tu as compris !

— Nan ! Plus maintenant. Tu n'avais qu'à pas me trahir, sale menteur infidèle !

Il s'approcha de moi, me poussa avec violence contre le mur du hall d'entrée et me décrocha une gifle si intense que je tombais à la renverse. Fou de rage, il s'agenouilla sur moi pour me maintenir au sol et tenta de m'étrangler.

J'essayais de lutter, mais il était bien trop fort. Mes bras n'arrivaient pas à le repousser. L'oxygène commençait à me manquer, et tout à coup un bruit sourd survint. Les deux agents de sécurité avaient quitté la voiture pour se précipiter à mon secours. Ils immobilisèrent mon mari au sol, les bras dans le dos.

— Est-ce que vous allez bien ?

Je hochai la tête les larmes aux yeux en me frottant le cou.

Un des agents sortit son arme et la pointa sur Gustave, qui semblait terrorisé.

— N'essayer plus jamais de recontacter votre ex-femme. Compris !

Il se retourna ensuite vers son collègue.

— Fernando ! Donne un stylo à Monsieur et veille à ce qu'il signe les deux exemplaires du contrat de divorce. Puis fait lui comprendre qu'il n'a pas intérêt à lever un petit doigt sur cette dame. Madame ! Veuillez regagner la voiture, je vais rapporter vos bagages.

Sans même me retourner j'obéis aux ordres, mais je m'arrêtai à quelques centimètres de la sortie pour regarder une dernière fois mon mari.

— Adieu Gustave ! Tu n'existes plus pour moi et pour ta fille… oublie-nous !

Je quittai les lieux, soulagée, puis remontai dans la Mercedes à la hâte.

Centre Becquerel, CHU de Rouen

En entrant dans la chambre d'hôpital où se trouvait mon père, j'eus un très grand choc. En quelques semaines son teint s'était grisé. Son apparence décharnée me creva le cœur. Malgré tout, il était assoupi et semblait si paisible. En m'approchant de son lit, je vis toutes les perfusions et les machines auxquelles il était relié et dont sa survie dépendait désormais. Je m'installai sur une chaise à ses côtés et l'observai silencieusement.

Je découvris sur la table à roulettes destinée aux repas, un de ses romans préférés : *La carte et le territoire* de Michel Houellebecq. Une photo dépassait de l'ouvrage. Il avait toujours pris l'habitude d'en utiliser comme marque-page. En la retirant délicatement, je fus émue de constater que c'était une des rares photos de nous deux, prise depuis ces dernières années. J'étais assise sur ses genoux, l'enlaçant comme lorsque j'étais petite fille.

— J'ai également celle de Capucine dans mon Dicker et celle de ta mère dans mon Le Tellier.

Je sursautai, en entendant la voix de mon père, puis je l'étreignis de toutes mes forces.

— Attention ma puce ! Tu vas m'étouffer. Remarque ça serait peut-être moins terrible que ce sale crabe.

— Je suis désolée pour tout papa. Tu m'as tellement manqué.

— Je suis vraiment désolé moi aussi. C'est de ma faute. Je n'aurais jamais dû réagir de cette façon. Ma fin est proche et j'ai été con.

— Ça n'a plus d'importance maintenant.

— D'ailleurs où étais-tu ? J'étais fou d'inquiétude. Ton mari m'a appelé il y a un mois, en me disant qu'il te cherchait. Et du coup, je croyais qu'après notre dispute tu t'étais enfuie ou quelque chose de ce genre, à cause de moi.

— Je vais tout t'expliquer mais avant, est-ce que je peux faire rentrer Capucine ?

Le regard de mon père s'égaya de plus belle.

— Oh mais bien sûr, vas-y !

— Et j'ai également dit à Marina de nous rejoindre, elle va bientôt arriver. Dis-je en allant ouvrir la porte.

Un des gardes du corps amena la petite, qui reconnut immédiatement son grand-père et lui tendit les bras.

Je remerciai l'agent avant qu'il ne quitte la pièce.

— Attention aux fils de papy ma puce !

— Tu as vu ! Ton papy est un super héros ! Mais il doit rester au repos.

Elle lui souriait de toute sa dentition presque complète, blottie contre lui.

— Qui est cet homme qui est entré ? Où est ton mari ?

— C'est un agent de sécurité ! Et…

Toc, toc, toc

La porte s'ouvrit de nouveau laissant apparaître une Marina médusée.

— Pourquoi il y a des *bodygards* sexy devant la porte ? Britney Spears[21] est là pour voir ton père ?

— Oh mais tu es bête ! répondis-je en rigolant.

— Nan, je suis déçue de voir que ce n'est qu'un fantôme qui fait une réapparition furtive, sans même avoir donné de vraies nouvelles.

— Je ne pouvais pas. Allez ne boude pas, je vais tout vous expliquer.

— Tenez *padre*[22] ! Je vous ai apporté vos chocolats préférés et votre commande express, le nouveau Goncourt.

— Merci Marina !

Capucine toute excitée voulut descendre du lit médicalisé pour rejoindre sa tata.

— Bah oui petite poulette, tu m'as manqué aussi ! Viens me voir !

Capucine bondit sur elle et la serra fort.

— J'ai droit à un câlin ? demandai-je avec une moue triste qu'elle ne put voir à travers mon masque chirurgical.

— Je ne sais pas ! Ce n'est pas très prudent avec la covid… mais je peux faire une légère exception. Allez viens là ma grande.

Après ses embrassades illégales en temps de crise sanitaire, nous retournâmes sagement à nos places.

Comme je m'apprêtai à te l'expliquer papa, concernant Gustave… nous ne sommes plus ensemble. Nous divorçons, car j'ai découvert qu'il avait une double vie depuis le début de notre mariage.

---

[21] Chanteuse et pop star américaine des années 2000.
[22] *Père !*

— Oh mais quel connard ! Oups ! Pardon ! je ne voulais pas le dire devant la petite. S'excusa-t-il les mains devant la bouche. Si j'avais la force, j'irais lui mettre la trempe du siècle. Je ne l'ai jamais aimé de toute façon…. Tu fais bien de le quitter. Mais malgré tout, ça reste le père de la petite. Et comment allez-vous vous organiser ?

— Tout à fait d'accord avec le *padre*[23] ! s'exprima à son tour Marina.

— Et bien, j'ai la garde exclusive.

— Et il a accepté sans sourciller ? demanda mon père.

— Oui, enfin… il n'a pas eu le choix. Ce sont les agents de sécurité qui m'accompagnent qui l'ont convaincu.

— Je ne comprends pas tout ma chérie ! Je sais que le cancer me fait délirer, mais là je suis perdu…

— C'est pour cela que je vais tout vous expliquer !

Je crus que mon monologue avait duré des heures, mais l'expression de leur visage et leurs regards ne laissaient plus aucun doute. C'était la surprise, l'incompréhension, le surréalisme total, surtout pour Marina. Mon père, lui, restait plus neutre, l'air songeur. Je sais pourtant qu'il pensait à ma mère.

— *What*[24] ? Mais c'est un vrai film ton histoire… et ce mafieux que tu as mentionné, il est bel homme ?

— Ce n'est pas la question Marina.

— Oui tu as raison en s'en fout. Mais en gros Madame la future Princesse d'Alpini, tu vas devoir partir ? C'est ça que tu es en train de nous expliquer ?

— Pour votre sécurité et celle de Capucine je ne vais pas avoir le choix. D'ici quelques heures je serai dans un avion de retour dans la principauté, et j'ai une réponse à donner.

---

[23] *père !*
[24] *Quoi ?*

Peu importe ce que je choisis on ne pourra pas se voir avant un certain temps.

— Des semaines, des mois, des années ?

— Je ne sais pas. Je pense qu'on parle plutôt d'années…

— Oh merde ! Dans quel guêpier t'es-tu fourrée avec ce test génétique à la noix !

— Papa ! Ça va ? Dis quelque chose….

 Il se racla la gorge.

— Ma chérie, je suis immensément peiné, mais pas si surpris. J'espère que tu ne m'en voudras pas, mais je connaissais déjà une partie de cette histoire. Et je vois que ta mère n'en démordait pas pour t'avoir envoyé cette lettre. Elle sera toujours capable de m'étonner.

— Donc tu m'avais bien menti ? Ce livret de famille tu me l'avais caché ?

— Oui, je voulais effacer toutes traces du passé, comme me l'avait ordonné mon père.

— C'est à dire ?

— Selon papy, son père fuyait quelque chose. C'est mon arrière-grand-mère, Julienne, qu'il a bien connue, qui lui racontait toujours cette même histoire. Apparemment un jour Henri avait été approché par des hommes qui l'avaient agressé. Ils l'accusaient d'avoir voulu déserter pendant la guerre. Cependant ce n'était pas le cas. Ils l'ont menacé pendant un certain temps, jusqu'à ce qu'un homme fasse son apparition. Cet individu qui se disait diplomate, un certain Chanvelin, avait apparemment été chargé de le retrouver pour lui parler de ses vraies origines. *A contrario*, il lui a aussi proposé une forte somme d'argent qu'il ne put refuser pour l'aider à fuir et à ne pas prétendre au trône.

— Attends papa, je ne saisis pas bien ! Qui étaient ces hommes sortis de nulle part ? Et pourquoi ensuite ce Chanvelin est apparut ?

— Je vais y venir. Car ces agresseurs étaient en fait les hommes de main de Chanvelin. Leur mission était de retrouver Henri et de le menacer pour qu'il soit en détresse, ce qui préparait l'arrivée de ce soi-disant diplomate.

— Ils étaient donc de connivence dès le départ ?

— Exactement ! Et c'était aussi un moyen de gagner la confiance d'Henri. Chanvelin lui a fait croire qu'il était une cible et que de plus en plus de personnes allaient se retourner contre lui et porter atteinte à sa vie, en raison de sa parenté et de ce qu'il représentait. Gage de sa bonne foi, Chanvelin s'est donc montré être un « sauveur » face aux hommes qui le brutalisaient déjà. Toutefois ce dernier était loin d'être bienveillant à son égard. Puisque son objectif premier avait été de le dissuader de vouloir un jour revendiquer son droit à être Prince.

— Pourquoi cet homme est-il venu lui faire ces révélations alors qu'il aurait pu simplement le laisser dans l'ignorance ?

— Je n'ai malheureusement pas la réponse. En tout cas il a bien mené sa barque. Julienne et lui, suite à cette histoire ont pris leur distance… car il lui en a voulu de ce secret. De ne jamais lui avoir expliqué ce qui s'était réellement passé et pourquoi il n'avait pas de père. En effet, comme tu as pu le lire sur le livret de famille, aucun nom n'est mentionné. Cela ne sous entendait pas que son vrai père ne l'avait pas reconnu, mais Julienne lui a toujours dit que son père n'existait pas. Un conflit profond et l'incompréhension ont régné entre eux pendant longtemps, d'autant plus lorsqu'il a pris conscience qu'elle n'était pas sa mère biologique. Et pour la sécurité de tous, Henri a préféré changer de nom et enterrer cette histoire avant de se marier. Quand mon père est né, Julienne est revenue dans sa vie petit à petit, car elle voulait jouer son rôle de grand-mère. Néanmoins la discrétion restait de mise, donc ils faisaient en sorte de cacher leurs rencontres et de vivre dans le secret, avec cette épée de Damoclès qui était perpétuellement au-dessus de notre famille. Un jour, mon père m'a fait savoir que nous descendions d'une famille royale, mais que nous avions une position d'indésirables et que des gens mal attentionnés n'attendaient qu'une chose, détruire cette branche gênante qui aurait pu redistribuer les cartes. Et peu importe le nombre d'années passées. D'où cette nécessité de se taire et de ne pas ouvrir ce dossier, si nous voulions rester en vie et protéger notre descendance.

J'observai mon père bouche bée.

— Oh papa je suis trop bête ! Je pense que j'aurais réagi de la même façon pour protéger les gens que j'aime si j'avais su. Je suis vraiment désolée.

— Non c'est moi. Je n'aurai jamais dû tomber dans ce culte du secret.

— Qu'est-ce que je fais maintenant ? demandai-je à l'auditoire.

— Peu importe ce que tu choisis, tu as rouvert cette boîte de Pandore. De toute façon il fallait bien mettre un terme un jour à cette malédiction. Ma chérie, tu es bien plus forte que tu ne le crois, la preuve avec ce que tu as traversé. Tu ferais une merveilleuse souveraine si tu le souhaitais, et dans le cas contraire, tu aurais la possibilité d'être qui tu veux au bout du monde, même si tu dois malheureusement rester sur tes gardes et loin d'ici. Dans les deux cas, ce choix t'appartient. Il ne me reste plus longtemps à vivre, et je préfère que tu sois en accord avec toi-même et en sécurité avec Capucine. Sois tu t'exposes, sois... tu disparais pour renaître un jour. En tout cas, saches que je vous aime de tout mon cœur.

Je fondis en larmes et baissai mon masque pour embrasser mon père tendrement sur le front. Marina qui tenait ma fille dans les bras, pleurait également comme une madeleine.

— Quoi que tu fasses ma sœur, je te soutiendrai. Je veux simplement qu'il ne vous arrive rien à toutes les deux et je veux vous revoir un jour. Ajouta Marina en déposant la petite au sol pour m'entourer de ses bras athlétiques.

Fernando apparut soudainement de nouveau dans l'entrebâillement de la porte.

— Madame ! Nous venons de recevoir un appel. Nous devons vous ramener au plus vite.

Toujours aussi émue, je me retournai vers mon père et Marina.

— Je ne veux pas partir et vous quitter. C'est trop difficile. Vous allez terriblement me manquer. Papa, je voulais vraiment rester avec toi jusqu'au bout tu sais. Je ne veux pas te savoir seul.

— Pars ma fille ! Cela ne changera rien à ma fin. Je sais qu'on s'aime et c'est tout ce qui compte. De toute façon je suis comme un vieux loup solitaire, je préfère avoir une fin digne et discrète, sans larmoiement ni tristesse. Voir dans le regard de mes proches de la pitié serait un affront et me minerait plus qu'autre chose. Ta dernière image de moi, sera celle d'un homme en vie, et non un corps inerte entreposé entre quatre planches de bois de mauvaise qualité. Je serai toujours à tes côtés et je crois en cette fameuse vie après la mort, donc ne t'en fais pas… je ne serai jamais loin.

— Ton père à raison. Tu dois y aller. Ici c'est trop risqué pour vous deux ! S'il vous arrivait quelque chose, je ne m'en remettrais jamais. C'est juste dommage que tu ne puisses pas venir à mon mariage et être ma demoiselle d'honneur, comme je l'aurais tant espéré. Rémy a fini par faire sa demande et j'ai dit oui !

— Oh tu te maries ? C'est formidable, je suis si heureuse pour toi ma puce. Et vraiment, vraiment, dégoutée de ne pas pouvoir y assister… je m'en veux tellement de cette situation.

Finalement, après un long simulacre d'adieux déchirants, je pris ma fille et quittai la France, le cœur lourd. J'étais seule face à un choix difficile à faire. Mais lequel ? Le temps du vol retour serait donc mon salut pour me laisser entrevoir ma destinée…

15

L'évidence

Les yeux encore clos et ensommeillés, je ressentais les rayons du soleil caressant mon visage à travers le hublot du jet qui entamait sa descente.

En ouvrant progressivement mes paupières et après avoir retourné maintes et maintes fois la question dans ma tête, soudain tout devint limpide. Mon père m'avait donné sa force et son courage. J'étais donc déterminée à ne pas perdre le contrôle de ma vie et à affronter l'évidence.

Office de la Madeleine du Saint Sépulcre

La Mercedes noire s'arrêta devant une grande bâtisse de style néo-classique, empreinte de symboles religieux. Des angelots en or se dressaient fièrement à la tête des colonnes encadrant le portail principal qui s'ouvrit au bout de quelques secondes.

— Où sommes-nous ? demandai-je intriguée, en voyant apparaître devant moi la cour pavée d'un hôtel particulier.

— Madame ! Nous faisons un premier arrêt ici avant de rejoindre le palais de Krêne. Quelqu'un vous attend.

En voyant apparaître Églantine devant la fenêtre de la voiture, je repris confiance et esquissai un sourire de soulagement.

Elle m'ouvrit la porte et m'enlaça tendrement.

— Oh Nora ! Nous étions si inquiètes. Dieu merci tu es saine et sauve.

— Oui je sais… ça a été assez intense comme aventure.

— Je te crois.

— Qu'est-ce qui se passe ? Ce n'est pas ici le rendez-vous avec l'ordre ?

— Tu es là pour voir la Princesse, malheureusement il ne lui reste plus beaucoup de temps. Ici, c'est un centre de soins palliatifs privé très discret. Ce qui évite les *paparazzades* intempestives. Ton enlèvement l'a précipitée dans un gouffre dont elle ne se relève pas. Toutefois, te voir avant son dernier souffle sera pour elle une libération.

Les yeux humides, je suivis donc Églantine jusqu'à la suite de la Princesse.

La chambre était remplie d'innombrables variétés de fleurs du sol au plafond. Devant le lit à baldaquin, se trouvait un petit bureau, recouvert d'un monceau de dossiers à sangle de couleurs arc en ciel. En contournant celui-ci, je vis une petite chaise en bois disposée à côté du lit où était allongée la souveraine Anne-Lize. Elle semblait assoupie, la main au niveau du cœur, sa poitrine se soulevait faiblement à chacune de ses respirations. Je m'installai à ses côtés et posai ma main sur la sienne très délicatement, pour ne pas la brusquer. Anne-Lize ouvrit légèrement les yeux et médusée plongea son regard dans le mien.

— Ma chère enfant, tu es en vie ! s'exclama-t-elle en serrant ma main.

— Oui votre Altesse ! Je suis bien vivante !

— Je veux m'excuser, car sans toute cette histoire, il ne te serait jamais rien arrivé. Murmura-t-elle à mi-voix.

— J'ai été sauvée par une sorte d'ange gardien. Tout va bien maintenant. Je voulais vous dire que j'ai vu mon père et que je lui ai tout raconté. Il m'a avoué qu'il était au courant, car son arrière-grand-mère, Julienne, la fameuse femme de chambre, avait confié certaines histoires à son père. Henri aurait été souvent menacé durant sa jeunesse. Et un jour, il aurait été contacté par un diplomate, du nom de Chanvelin. Je ne sais pas si vous avez entendu parler de lui. Cette personne lui aurait révélé sa filiation, tout en faisant en sorte qu'il n'obtienne jamais le trône.

La vieille dame eut une subite quinte de toux qui manqua de l'étouffer.

— Votre Altesse ! Est-ce que ça va ? dois-je appeler quelqu'un ?

Elle me montra le verre d'eau posé sur la table de chevet.

— Oh oui tenez, buvez, buvez !

Elle prit quelques gorgées, ce qui l'apaisa quelque peu.

— Franz Chanvelin ! Tout ça c'est à cause de lui….

— Qui est-il ?

— C'était le conseiller personnel de ma mère et un de ses plus proches amis d'enfance. Il aurait donc trahi sa confiance.

— Pourquoi aurait-il fait cela ?

— Des rumeurs le disaient amant de ma mère, mais rien n'a jamais été prouvé. Elle aimait mon père et n'avait foi qu'en lui. Un jour, ces remarques et ces non-dits ont poussé ma mère à prendre ses distances avec lui. Peut-être a-t-il voulu se venger… malheureusement, on ne le saura jamais. En tout cas, il était un des rares à connaître l'existence d'Henri.

— Si cela peut vous soulager, Julienne aurait reconnu ses torts auprès d'Henri. Je pense qu'il aurait vraiment tout fait, pour retrouver ses parents, s'il n'avait pas eu toute cette pression.

Anne-lize dans un cri de douleur, se cramponna à moi pour se redresser légèrement.

— Ne bougez pas, je vous en prie.

— Je sens que mes forces m'abandonnent peu à peu… mais saches Nora que peu importe ta décision, l'essentiel c'est de t'avoir retrouvée. Trop tardivement hélas, mais au moins j'ai eu la chance de te rencontrer. Tu es une jeune femme superbe et je suis si fière que nous partagions des gènes communs.

Soudain, la respiration de la Princesse s'emballa, puis elle reposa sa tête sur l'oreiller.

J'observais impuissante son visage crispé par une souffrance que je ne pouvais imaginer.

— Madame ? Madame ? Anne-Lize ? dois-je appeler Églantine ?

— Tout va bien, ne t'inquiète pas. J'ai juste besoin de me reposer. Je suis fatiguée… je vais fermer les yeux quelques instants si cela ne te dérange pas.

— Très bien. Je vous laisse… dis-je la gorge nouée.

Sa main tiède était toujours posée sur la mienne. Je l'embrassai avec tendresse, laissant au passage les traces humides des larmes qui commençaient à perler sur mes joues.

En sortant de la chambre, Églantine m'attendait le regard inquiet, un dossier à sangle bleu serré contre elle.

— Elle s'est assoupie. Annonçai-je en essuyant mes larmes d'un revers de manche.

— Très, bien. Il faut que nous allions immédiatement au palais. Le conseil est réuni et ils nous attendent. Tu auras besoin de ce dossier. Nous l'avons élaboré avec Milo Marcucci, en espérant que ça suffise.

Je relevai la tête de surprise en entendant son nom.

— Oui je sais ! Il n'est pas blanc comme neige et a été à la botte du Duc pendant longtemps, mais il a vraiment été un allié de poids dans cette affaire. Allez ! Nous devons partir. Est-ce que tu sais ce que tu vas dire ? As-tu pris une décision ?

Je la regardai dans le vague, songeuse, puis acquiesça.

— Mon choix est fait oui !

— Très bien ! Alors on s'y…

Palais de Krêne, salle d'espérance

Après une réunion longue et houleuse qui avait duré plus de six heures, nous sortîmes enfin de la salle ; éreintées par ces débats tellement éprouvants, et encore bouleversées par l'annonce du décès de la souveraine survenu peu avant la fin de la séance. Nous étions encore sous le choc.

Je descendais l'escalier menant au hall, aux côtés d'Églantine qui refaisait le point de tout ce qui avait été dit, lorsqu'une voix m'interpella.

Je levai les yeux et vis Milo qui se dirigeait vers moi.

— Nora ! Je viens d'apprendre ce qui s'est passé lors de la séance avec l'ordre des sceaux. Es-tu certaine d'avoir pris la bonne décision ?

— Je ferais mieux de vous laisser, j'ai beaucoup à faire avec la cérémonie des obsèques. Dit Églantine en s'éclipsant rapidement.

Les mains dans les poches de mon tailleur noir de grand couturier, et le regard fuyant, je tentai d'effacer de mon esprit les flashs de scènes érotiques entre Milo et moi qui soudain revenaient me hanter.

— Oui je suis certaine d'avoir fait le bon choix ! C'est la meilleure chose à faire. L'essentiel est que le conseil ait voté la destitution des titres du Duc.

— Je sais ! La police est déjà en chemin pour le cueillir.

— Tout est bien qui finit bien !

Je m'apprêtai à continuer mon chemin, lorsqu'il me retint le bras.

— Nora, je sais qu'il nous reste peu de temps, mais accorde moi quarante-huit heures. Viens avec moi…

— Pour aller où ?

— Passons ces derniers instants ensemble, loin d'ici, rien que tous les deux.

— Tu dis ça car tu t'en veux d'avoir couché avec moi et de t'être enfui juste après ?

— Tu te trompes… déjà je ne me suis pas enfui, mais je devais partir pour une affaire urgente. Et d'autre part, nous n'avons pas couché ensemble. On s'est saoulés, embrassés, caressés, mais nous ne sommes pas passés à l'acte. Tu ne t'es pas sentie bien et tu as vomi partout sur ta robe. Je t'ai déshabillée et je t'ai installée avec moi dans mon lit, car j'étais inquiet. Nous avons seulement dormi l'un à côté de l'autre.

— Ah d'accord ! Je me sens moins idiote maintenant. Ironisai-je en essayant de dissimuler ma gêne.

— Je te propose une escapade. J'aimerais te faire découvrir un coin qui me tient à cœur.

— Pourquoi tu fais ça maintenant, alors que cette histoire ne nous mènera à rien ?

— Ce week-end passé ensemble ne nous engagera à rien c'est sûr, mais selon le dicton : « Mieux vaut avoir des remords que des regrets ». J'ai besoin de savoir et de te voir avant ton départ. J'aurais du mal à passer à autre chose sinon ; tu me dois bien ça !

— Je ne te dois rien du tout…

— Tu as une dette envers moi ! Ne t'ai-je pas sauvé la vie ? Et n'ai-je pas réussi à t'aider dans cette histoire ?

Je me dirigeais vers la sortie, mais ne parvenais pas à avancer. Malgré moi, ma tête et mon corps bouillonnaient. Un sentiment de culpabilité m'envahit. Il avait raison. Je lui devais bien plus que de simples remerciements…

Qu'est-ce que je fais ? À quoi ça va mener ? Pourquoi le suivre ? Et pourquoi fait-il ça, si tout est perdu d'avance…

— Je te ramènerai à temps pour ton départ. Ma grand-mère gardera Capucine avec plaisir.

— J'accepte à une condition !

— Laquelle ?

— Que tu me promettes que ce ne sera pas un moment sentimental ! Pas de déclarations enflammées, ni de mots doux, ni de promesses qui pourraient me faire souffrir plus tard. Je souhaite simplement passer avec toi un week-end de plaisir, sans engagement et qui ne sera qu'une simple parenthèse dans notre vie : un rêve, un fantasme, un souvenir éphémère. Nous ne sommes que des amis et je veux que ça reste ainsi.

Il me tendit la main que je serrai fermement pour sceller notre accord.

— Parfait ! Je viens te chercher dans une heure à ton hôtel. Nous n'avons pas une minute à perdre. Prépare un petit bagage.

— Alors, on va où ? C'est pour savoir ce que je dois emmener !

— C'est une surprise ! Des vêtements légers feront l'affaire. Dit-il avec un clin d'œil complice.

Tandis que je me précipitai dans la voiture qui m'attendait, j'eus pendant un instant l'envie de faire demi-tour en direction de ma suite.

Et si c'était une erreur ? Qu'est-ce que tu fais Nora ? Mais après tout, je vais devoir bientôt tout recommencer. Une

*nouvelle vie, un nouveau départ et tout ça sera derrière
moi. Finalement, qu'est-ce que j'ai à perdre ?*

16

L'escapade

Milo gara le Range Rover sport SDV6 gris métallisé, sur le tarmac d'un petit aérodrome privé qui appartenait à sa famille. Nous empruntâmes une nacelle pour nous hisser dans un petit *SyberJet* SJ30. L'intérieur était tout aussi luxueux que le précédent dans lequel j'avais fait mon retour express en France. Les sièges en cuir blanc disposés face à face étaient séparés par une petite table en bois laqué. Une hôtesse brune au teint halé de type méditerranéen, nous accueillit avec deux coupes de champagne. Le sourire complice qu'elle adressa à Milo en disait long sur la relation qu'elle avait dû entretenir avec lui.

Je m'installai sans sourciller à ma place et contemplais le ciel bleu à travers le hublot.

Milo qui ne s'était pas encore assis se positionna juste derrière moi.

— Est-ce que tu me fais confiance ? me glissa-t-il au creux de l'oreille.

Je me retournai intriguée et acquiesça.

Il plaça un bandeau noir sur mes yeux, puis un casque avec de la musique contemporaine qu'il souleva légèrement pour ajouter :

— Laisse-moi te surprendre !

À ces mots, je lâchai prise, bercée par les rythmes néo-cubain qui émanaient des écouteurs. Je somnolais légèrement, tout en ayant l'impression de ressentir sur moi le regard fiévreux de mon hôte. L'expérience était grisante.

D'une voix douce et chaleureuse, Milo me sortit de mes songes.

— Nous sommes arrivés à destination ma belle. Je te demande toutefois de garder le masque pour que la surprise soit totale.

Je me cramponnai fermement à lui et me laissai guider à l'aveugle. La houle, le chant des mouettes et l'odeur de sel me mettaient sur la piste : nous étions en bord de mer. Le chemin de bitume laissa place à un autre sentier, moins stable. Comme si nous étions sur un ponton.

— Approche-toi Nora ! Tiens-moi la main et pose le pied à l'endroit que je vais t'indiquer.

J'obéis aux ordres avec excitation, mais manquai de basculer je ne sais où.

— Attention ! Voilà ! Installe-toi sur la banquette que tu frôles.

Je sentis le cuir sous mes mains, et tâtai l'assise pour m'y installer. Un vrombissement me fit sursauter. Le vent fouetta mon visage. Le bruit du moteur et la sensation de ballotement, me firent deviner que nous étions sur un bateau. La traversée dura peu de temps jusqu'à ce que nous accostions. Lorsque notre moyen de transport s'immobilisa, Milo se rapprocha de moi, puis glissa un bras dans mon dos et un autre sous mes jambes.

— Qu'est-ce que tu fais ? criai-je en me cramponnant à son cou.

— J'évite que tu passes par-dessus bord ! Si près du but, ça serait dommage.

Nous franchîmes quelques obstacles avant qu'il ne me dépose sur la terre ferme.

— Encore un petit effort ! Nous avons quelques marches à monter ! me dit-il en me prenant la main.

Je ne les comptais même plus, mais étant donné mon essoufflement, ce petit effort était un euphémisme.

— Tu te fous de moi ! Je commence à avoir des ampoules aux pieds. Rouspétai-je en lui tapant sur l'épaule.

— C'est vrai que des *Louboutins* haut perchés ce n'est pas l'idéal pour gravir une montagne, mais plus que trois marches et je te rendrai la vue.

Une fois le pied posé à l'endroit indiqué par mon tortionnaire, je retirai mon bandeau. La vue fut éblouissante. J'étais au sommet d'une sorte de falaise entourée par une mer calme et transparente. Il n'y avait pas âme qui vive à l'horizon, et en me retournant, la surprise fut totale. Une magnifique villa moderne se dressait devant moi.

— C'est un petit îlot dont mon père m'a fait cadeau pour mes dix-huit ans.

— Ah bon… rien que ça ?

En regardant plus bas, ce qui me donna légèrement le vertige, je vis le ponton et le zodiac tout confort qui était amarré.

— Je te fais visiter l'intérieur ?

— Donc c'est une bâtisse hors norme sur un caillou ? dis-je en rigolant.

— On peut voir ça comme ça.

Milo m'ouvrit la porte sur un somptueux séjour meublé de grands canapés blancs, décoré de sculptures antiques imposantes. J'étais attirée par l'immensité de la mer que l'on pouvait admirer à travers les baies vitrées du salon, ouvertes sur un vaste balcon faisant penser à la proue d'un bateau. Au centre, un jacuzzi, des palmiers, une grande table à manger en verre et deux chaises longues vintages, donnaient du cachet à cet extérieur. Je posai mes mains sur la rambarde et admirai le paysage que j'avais sous les yeux.

— Tu vois en face ? Il y a une petite côte que l'on peut à peine apercevoir.

— Oui ! C'est quoi ?

— San't Angelo ! Cela fait partie de l'île d'Ischia proche de Naples.

— Elle semble si proche.

— Elle l'est ! D'ailleurs je t'y emmènerai demain. Nous sommes en territoire protégé ici, ma famille y est grandement respectée. Donc nous sommes libres de sortir et de faire ce que nous voulons, de façon plus ou moins raisonnable. Me dit-il en se collant à moi.

Je me retournai brusquement et regagnai l'intérieur, tiraillée par mes émotions et mes désirs.

— Ça ne va pas ?

— Je repense à mon père… à Marina et aussi à la Princesse. Je suis si triste de la situation. La souveraine est morte et je ne peux même pas lui rendre hommage. J'abandonne mon père et mes amis.

— Ne dis pas ça. Tu ne peux rien y faire et c'est le seul moyen raisonnable qui peut résoudre cette situation. Nous avons peu de temps et je veux que nous en profitions. Car certes nous sommes protégés ici, mais tout ça ne va pas durer. Lorsque mon père sortira officiellement de prison, nous ferons tout ce qui est en notre pouvoir pour que tu ne sois plus inquiétée.

— Tu as raison ! Je ferais mieux de profiter de cette bulle d'oxygène et de remettre ces maux à plus tard… d'ailleurs commençons immédiatement.

Je m'approchai de lui et enlevai délicatement ma veste que je posai sur le dossier d'un des fauteuils en daim à côté de moi. En dessous, je portais un petit top blanc très échancré que je jetai au sol dans la foulée. Je dézippai ensuite ma jupe crayon, dévoilant ainsi tout mon corps vêtu de dessous en dentelle noire. Puis je glissai ma main dans mes cheveux et retirai la pince qui les retenait, libérant ainsi ma crinière bouclée jusqu'aux épaules. Toujours chaussée de mes escarpins, je terminai ma course à quelques millimètres de Milo, qui semblait hypnotisé par mon apparition.

— Alors ? Tu veux prendre une douche avec moi ? lui susurrai-je à l'oreille.

Il m'empoigna les cheveux et m'embrassa fougueusement tout en me soulevant avec une facilité désarmante.

— J'avais cru que nous devions n'être que des amis ? me dit-il avec désinvolture.

— Exactement ! Une amitié améliorée avec date limite de consommation.

— Alors il n'y a pas de temps à perdre.

Mes jambes toujours enroulées autour de lui, il franchissait les pièces à une vitesse folle pour atteindre une suite dans laquelle se trouvait une immense salle de bain, rappelant celle du château.

Il fit couler l'eau de la douche, et en seulement quelques minutes, une émanation de vapeur embruma l'espace. Il me déposa ensuite sur le sol mosaïque en travertin et me plaqua contre la paroi vitrée, tout en parcourant mon corps avec sa bouche. Il retira mon soutien-gorge de ses doigts agiles et arracha fougueusement mon shorty pour dévorer mon intimité. Ce qui me procura instantanément une sorte d'extase. Mes mains griffèrent ses épaules et l'incitèrent à aller plus loin. Il accentua son mouvement avec frénésie. L'orgasme fut si fort que je faillis m'effondrer. Les mains dans mes cheveux trempés, je tentai de reprendre mes esprits, tandis que Milo retirait son boxer. Puis à mon tour, je le plaquai sur la paroi de verre et empoignai son membre avec force, et lorsque mes lèvres entreprirent un va et vient qui le rendait fou, il poussa un intense gémissement. Mais avant même d'atteindre le paroxysme de son plaisir, il me souleva de manière à ce que nous ne soyons plus qu'un seul corps. Quand il explosa en moi, nous jouîmes tous les deux à l'unisson.

— Alors, est-ce que ton ami est à la hauteur ?

— Je ne sais pas, ça demande réflexion et il faudrait renouveler l'expérience. Répondis-je encore essoufflée

— Bonne réponse !

Pour continuer les réjouissances, nous nous savonnions tout en nous excitant de nouveau. La sensualité de nos caresses et nos préliminaires provoquèrent d'autres ébats, qui se déroulèrent dans toutes les pièces de la villa et ne s'achevèrent qu'à la nuit tombée.

Nue sur le lit *king size* dont les draps froissés étaient sens dessus dessous, j'admirai le lustre vénitien accroché au-dessus de moi, tandis que Milo me massait les jambes.

— Tu es rassasiée ?

— Pas de nourriture ! lançais-je en me redressant vers lui.

— Mon personnel a laissé de quoi grignoter pour ce soir, et je crois bien qu'un panier repas avec du vin nous attend près du jacuzzi si ça te tente !

— Attends, rassure-moi ! Nous sommes seuls ici ? Ou toute ton équipe a été aux premières loges pour assister à nos ébats endiablés ?

— Non ils avaient pour consigne de quitter les lieux ce matin. Ils ne reviendront pas avant la fin de notre séjour. Ne t'inquiète pas, nous sommes seuls au monde.

— Parfait ! Alors ça ne te dérange pas si je reste en tenue d'Ève dans le bain à bulles ?

— Absolument pas... c'est d'ailleurs la consigne pour toutes les conquêtes qui viennent ici.

Faisant mine d'être énervée, je pris un des coussins du lit et commençai à le frapper.

— Fais pas ta jalouse !

— Tu as raison ! Nous ne sommes qu'amis, aucune raison d'être jalouse. Dis-je en me levant du lit, pour enfiler un kimono en soie qui était mis à disposition sur un des sofas de la suite.

Installée tranquillement dans le jacuzzi en sirotant du vin blanc, je contemplais les lumières de San't Angelo qui scintillaient, telle une multitude d'étoiles.

— Tu n'as pas froid ? me demanda Milo qui ne me quittait pas du regard.

— Non tout va bien ! C'est encore l'été indien ici et il fait bon à l'intérieur.

— Effectivement, nous avons souvent une arrière-saison très chaude, ce qui prolonge un peu le plaisir. Dit-il en se plaçant entre mes jambes repliées.

Il posa nos verres et commença à parcourir de nouveau mon corps de ses lèvres brûlantes et humides, ce qui provoqua une vague de frisson que je ne pus maîtriser. Toujours nue, je sentis rapidement son excitation. Il me cherchait et j'aimais ça. Mon bas ventre en redemandait. Je n'avais jamais connu de telles sensations avec un autre homme. Nous étions des primates insatiables et rien ne pouvait nous arrêter. Sauf peut-être, les gargouillis de nos ventres affamés.

Vers une heure du matin, nous décidâmes enfin de quitter le jacuzzi.

— Sexe, nourriture, sexe, nourriture ! Quoi de plus
appréciable. Dit-il en m'apportant un peignoir pour que je
n'attrape pas froid.

— Et un peu de sommeil aussi, ne me déplairait pas…

— Viens par-là ! m'ordonna-t-il en me soulevant dans ses
bras pour entrer à l'intérieur de la villa.

— Allons au lit, et je te promets de te laisser tranquille
quelques heures.

 J'éclatai de rire et l'embrassai pudiquement sur la joue.

 Lorsque l'aurore pointa, les yeux mi-clos, j'essayai tant
bien que mal d'émerger. En me retournant, je constatai que
j'avais dormi en travers du lit.

Heureusement que c'est un lit king size !

 Milo, lui, avait les bras glissés derrière la tête et semblait
dormir à poings fermés. Il était si beau, si désirable que
mon cœur allait éclater. J'avais comme une douleur, un
sentiment débordant que je ne saisissais pas. Je ne pouvais
retirer mes yeux de ce corps magnifique. Instantanément,
ma libido refit un bon en constatant que son membre était
déjà attisé. Je décidai de jouer les sournoises et de le
réveiller à ma manière. Je glissais ma main sous les draps
et commençai à le caresser très délicatement. Après
quelques secondes, j'entendis un léger gémissement. Je
laissai ma bouche lui prodiguer de doux baisers sur tout
son corps. Je sentis soudain ses mains agripper mes
cheveux pour m'inciter à aller plus loin. Les yeux
humides, je continuai à lui procurer du plaisir, jusqu'à ce
qu'il explose au creux de ma gorge.

 Lorsque je refis surface, je le vis avec un sourire satisfait
et charmeur.

— Bonjour ma belle ! Je crois que je n'ai jamais connu un
aussi bon réveil… je te remercie !

— De rien !

— Je vais devoir aussi m'occuper de toi…

— Échange de bon procédé ?

— Exactement !

L'apothéose harmonieuse de nos deux corps comblés, sonna le glas de cette matinée fiévreuse.

— Bon ma belle ! Nous n'allons pas passer toute la journée au lit, même si ce scénario est vraiment très tentant. Prépare-toi, je vais t'emmener sur la côte. Me dit-il en me donnant une claque aux fesses.

— Hey ! C'est moi qui donne des fessées.

— Ah oui ?

— Parfaitement !

— Alors vient me chercher.

Une bagarre éclata dans le lit tout retourné, nous chamaillant comme des gamins insouciants ; jusqu'à ce qu'il arrive à me maîtriser.

— Alors… c'est qui le boss ?

— Ce n'est pas juste ! Tu es bien trop fort.

— Et oui ! Avec ma carrure d'ogre j'arrive à faire ce que je veux de toi.

À ces mots, mon regard vacilla. J'avais encore envie de lui et d'être domptée. Ce que je ne manquai pas de lui démontrer.

— Ah non, je vois ce que tu essayes de faire ! Va te préparer, sinon on ne quittera jamais cette maison…

J'arrêtai la provocation et finis par aller sous la douche à regret.

Après une heure de *brushing*, maquillage et essayage, j'étais fin prête. Vêtue d'une longue robe pull beige assez simple, avec des sandales compensées à lanières noires, je cherchai de quoi compléter ma tenue. Je finis par y ajouter un *trench-coat* noir assez court, mais élégant.

— Tu es vraiment magnifique. Me dit Milo en enfilant sa marinière tendance avec un très beau pantalon bleu marine coordonné.

— Je vois que tu aimes la mode !

— J'apprécie les belles choses, et je t'avoue que faire du shopping de temps en temps ne me déplaît pas.

Il attrapa une paire de lunettes de soleil Gucci, puis, il me prit la main et l'embrassa tendrement.

— C'est bon, tu es prête ?

— J'ai juste mon sac à bandoulière à prendre et nous pouvons y aller.

Il me dévisagea lorsque je me penchai sur ma valise pour récupérer le sac. Je me retournai pour voir si ma seconde tentative d'intimidation faisait effet, mais il fit mine de regarder autre part en grognant légèrement pour se contenir.

— Hop hop hop princesse !

— Oui, oui j'arrive !

Je récupérai au passage un châle noir et l'enroulai autour de ma tête.

— On dirait Audrey Hepburn[25] !

— Merci pour ce compliment. C'est l'accessoire essentiel pour ne pas être prise au dépourvu par le vent décoiffant d'une mer agitée.

— Bien vu chérie !

— N'oublie pas que nous ne sommes pas en couple, donc ne m'appelle chérie.

— Bien cheffe !

---

[25] Actrice belgo-britannique (1929-1993) élevée au statut d'icône grâce à son charme et son élégance.

— Je préfère ça.

Même si au fond de moi, je n'avais qu'un désir...

En arrivant dans le petit port de l'île d'Ischia, tout était calme et paisible. Nous étions hors saison et de ce fait, les touristes avaient quitté les lieux, laissant les locaux dans leur tranquillité automnale.

Main dans la main, nous parcourions les petites ruelles pleines de charme et de quiétude. Milo fut accosté par tous types de personnes, tel l'enfant du pays, revenant sur ses terres natales.

— Lorsque tu viens ici, tu ne passes pas inaperçu.

— Tout le monde nous connaît, j'ai grandi avec les pêcheurs, et les commerçants que mon père a toujours aidé et protégé. Je m'y sens vraiment chez moi. Je connais tous les recoins de cette ville, les cachettes, les meilleurs restaurants, les bons produits et j'en passe. D'ailleurs je sais que nous étions censés passer toute notre journée ensemble, mais malheureusement je dois régler encore quelques affaires, ce ne sera pas long. Je te propose de t'emmener dans un petit salon de beauté que je connais, pour te faire chouchouter. Si bien entendu cela te convient. Comme ça tu seras prête pour notre sortie de ce soir. Je t'emmène à *la Trattoria*. C'est un restaurant boîte branché. Je vais t'y présenter des amis.

— Les boîtes ne sont pas fermées à cause de la crise sanitaire ?

— Pas celle-ci. Ne t'en fais pas. Et il n'y a pas de risque, ça reste très intime.

— Je te fais confiance pour ce programme.

— Mais avant, nous allons passer aux halles, acheter de quoi déjeuner. Puis je vais te montrer une crique dans laquelle j'aimais jouer lorsque j'étais petit. Nous pourrons nous y poser pour pique-niquer.

La journée passa à une vitesse folle. J'étais si bien allongée dans ses bras, dégustant du raisin les pieds dans l'eau. J'avais l'impression que son armure se fendait peu à peu. Il n'hésitait pas à se livrer sur son enfance, sa mère, ses inquiétudes, sa posture de grand-frère, la mafia et ses aspirations à venir. Tout en cherchant également à me connaître, même s'il avait déjà rassemblé un bon nombre d'informations sur moi.

En regardant sa montre, Milo semblait légèrement soucieux.

— Il faut y aller. Je vais te déposer au salon, chez Agatha, c'est comme une tante pour moi et je reviendrai te chercher après.

— Très bien, allons-y !

Lorsque j'arrivai à l'institut de beauté, à ma grande surprise il ne payait pas de mine. Une devanture rose fuchsia avec quelques logos en guise d'illustrations : un rouge à lèvres, une main avec des ongles manucurés et un sèche-cheveux bleu ciel. L'enseigne se nommait le *Blue Blush Beauty*. Une femme d'un certain âge à la chevelure bien fournie et ondulée teinte en noire, m'accueillit à bras ouverts. Elle était vêtue d'un legging blanc et d'un haut très échancré rose pâle qui laissait entrevoir sa poitrine généreuse.

— *Ciao signorina ! Benvenuti nel salon di bellezza più bello della città !*

Puis elle s'approcha de Milo et le serra de ses bras frêles.

— *Oh ragazzo moi, è passato un po' di tempo dall'ultima volta che ti abbiamo visto !*

— *Felice di rivederti Agatha !*

Milo se retourna vers moi pour me traduire ce qu'elle avait dit.

— Elle te souhaite la bienvenue dans le meilleur salon de beauté de la ville, et elle me disait que cela faisait longtemps que je n'étais pas venu.

— Oh mais ta *signorina*[26] est française ? Je parle très bien français *mio piccolo*[27], la langue de Molière. Et je le comprends bien.

— Ah mais tu m'apprends quelque chose ! Je suis navré d'écourter les retrouvailles, mais je dois y aller. Je te la confie pour quelques heures.

— Ne t'inquiète pas Milo ! Nous allons prendre soin d'elle, elle sera comme une princesse.

Milo me regarda d'un air complice.

— C'est bien dit, comme une princesse. Allez ! Je vous laisse ! À tout à l'heure.

Une fois Milo parti, je suivis Agatha dans son temple de la beauté. L'intérieur était très kitsch mais cosy. Du papier peint léopard, des lumières tamisées, des boas de toutes les couleurs accrochés au mur… et deux autres femmes, qui semblaient aussi âgées que la patronne.

— Voici Felizia et Rosalia ! Felizia s'occupe de la manucure et Rosalia de la coiffure, moi c'est le maquillage.

Les femmes me saluèrent.

— Vous ne portez pas de masques avec le virus ?

— Non ici pas besoin ! Il ne vient pas jusqu'à nous. Pour le moment nous sommes préservées. Même si avec le flot de touristes, nous avons eu peur cet été. Alors que fait-on sur toi ?

---

[26] *demoiselle*
[27] *mon petit*

En observant le décor autour de moi, je préférai partir sur quelque chose de très simple et discret.

— À votre regard, vous ne semblez pas très rassurée.

— Non, non ça va !

— Vous savez que bon nombre de célébrités sont venues ici.

Elle déploya un rideau qui servait à cacher l'espace toilette et laissa apparaître un mur sur lequel des cadres étaient accrochés. Sur ceux-là, on voyait Agatha bras dessus dessous avec des personnalités connues.

— Liz Taylor, la Princesse Margaret, Brigitte Bardot, Sophie Marceau, Cher, Madonna, et dans les derniers temps, avant cette crise, Lady Gaga.

Bouche bée, je scrutai chacune des photos avec admiration.

— Eh oui ! Cet institut est on va dire… une pépite cachée.

— Ouah ! Je ne peux que vous faire confiance alors.

— Parfait ! Milo ne va pas le regretter. Il va être encore plus fou d'amour pour vous.

Gênée par ce qu'elle venait de dire, je m'installai sur le siège qu'elle me présenta.

— Oh je tiens à préciser que nous ne sommes pas ensemble.

— Ah bon ?

— Oui ! Nous ne sommes que des amis.

— Eh bien c'est la première fois qu'il amène une amie sur cette île.

— Ah oui ! Pourtant ça doit être le roi des conquêtes ?

— Du tout ! On se demandait même s'il n'était pas de « la jaquette ».

Nous éclatâmes de rire avant que Rosalia ne vienne me présenter le projet de coiffure.

Après plus de trois heures, j'étais enfin prête. Manucurée avec un vernis blanc nacré. Coiffée d'un chignon décoiffé et de tresses, absolument parfait, et maquillée d'une façon très discrète mais bluffante. Je paraissais avoir de nouveau vingt-cinq ans.

Lorsque Milo arriva, son visage rayonna.

— Agatha, Rosalia et Félizia, vous avez fait des merveilles !

— À ton service petit !

Il me prit dans ses bras et me fit tourner autour de lui.

— Tu es splendide. Une vraie Princesse. Je suis désolé, nous n'allons pas nous attarder car nous sommes de sortie ce soir et il faut maintenant que cette demoiselle choisisse sa tenue.

— Faites les enfants ! Nous ne vous retardons pas ! Profitez et amusez-vous.

Après avoir quitté les lieux, Milo me pressa de le suivre.

— J'ai organisé un petit défilé à la villa pour que tu puisses faire des essayages tranquillement.

— Ah bon ?

— Oui, c'était ça mon affaire urgente ! Nous connaissons quelques stylistes de renoms et j'ai réussi à en faire déplacer un, pour faire ton choix de tenue sur mesure.

— Oh mais tu es dingue !

— J'ai eu envie de te faire plaisir, c'est tout.

À la villa, un homme nous attendait, dans une tenue très chic et distinguée. Il portait un panama gris qui sublimait un costume trois pièces, agrémenté de broderies très travaillées sur un contraste de noir et de blanc.

— Milo tu ne m'as pas raconté d'histoire ! Cette femme est sublime.

— Oh mais je vous connais. Dis-je intimidée.

— Hugo Roustain ! De la maison Balma.

Les yeux écarquillés, j'observai cet homme à la carrière impressionnante qui était là, face à moi, en train de commencer à prendre des mesures.

— Nous n'avons pas beaucoup de temps, mais je vous ai sélectionné des créations qui se trouvent dans la suite de Milo. Alors, essayez-moi tout ça et ensuite je m'attelle à l'ouvrage avec mes doigts magiques, afin que le modèle que vous aurez choisi vous aille comme un gant.

Je me pressai et pris plaisir à essayer toutes ces robes, plus originales et somptueuses les unes que les autres ; jusqu'à arrêter enfin mon choix sur un modèle très pur et d'une classe folle. Une tunique courte mi voile-mi soie d'un noir corbeau éblouissant. Une large ceinture délimitait le corsage, mettant en valeur ma petite poitrine. Des chaussures Balma décorées de paillettes de diamants, ajoutaient la touche lumineuse qu'il manquait. Une veste militaire ajustée recouverte de boutons dépareillés, finalisait la tenue.

— Je n'aurai presque pas de retouches à faire. Elle est faite pour vous.

Je me contemplai dans le miroir les yeux émerveillés.

— C'est une œuvre d'art ! m'exprimai-je avec émotion.

— Parfaitement ! Unique et intemporelle !

Milo médusé, remercia son ami.

— Je crois qu'elle est prête !

— Oui c'est sûr ! Bon il faut que j'y aille. Mon jet m'attend. Au plaisir de vous revoir prochainement. Et toi Milo, n'hésite pas à m'appeler quand tu veux, je suis toujours libre pour un cinq à sept à mes heures perdues.

— Tu me feras toujours rire Hugo ! Malheureusement je n'ai d'yeux que pour les femmes, et ça n'est pas prêt de changer. Un grand merci pour cette faveur.

— Tu sais, rien n'est gravé dans le marbre. En tout cas, à charge de revanche mon cher Apollon.

Hugo nous salua, suivi de deux assistants personnels dont je n'avais même pas remarqué la présence.

— Alors ma Princesse ! Prête à aller danser ?

La Trattoria

L'ambiance dans cet endroit était volcanique. La décoration ressemblait à un repaire cubain. Deux couples de danseurs de salsa très expérimentés faisaient leur show sur une piste centrale. Les lumières tamisées et les néons de couleurs accentuaient cette ambiance fiévreuse ; mais comme l'avait dit Milo, cet endroit était select et privatif.

— Tu vois ! Pas de risque de contamination. Les distances sont respectées et nous pouvons danser et nous amuser en toute sécurité. Ici le personnel est testé, et vacciné. Pas besoin de masques non plus.

Milo me prit la main et me dirigea vers le bar, où quelques couples attendaient.

— Ah Marcucci ! Cela fait plaisir de te revoir et en bonne compagnie à ce que je vois !

Un bel homme blond au teint bronzé, accompagné d'une femme plantureuse ressemblant à une poupée Barbie nous saluait.

— Ta tenue est phénoménale ! me lança la blonde en sirotant sa *Caïpirinha*.

— Merci beaucoup !

Un autre couple vint à notre rencontre. Cette fois-ci un homme métissé et sa femme brune de type asiatique nous interpella.

— Mon pote ! Alors qu'est-ce que tu foutais depuis tout ce temps ? Trois mois qu'on n'a pas fait la fête ensemble.

Un autre homme aux traits vieillissant et aux cheveux grisonnants mais à l'allure de jeune homme, vint également à notre rencontre.

Les femmes vinrent discuter avec moi de banalités, tandis que les hommes allumèrent leur cigare et allèrent fumer sur une des terrasses extérieures. Je n'avais qu'une seule envie, passer la soirée uniquement avec Milo. Les piaillements de ces nanas siliconées me lassèrent rapidement. Je bus quelques cocktails bien corsés et allai ensuite sur la piste de danse, toujours suivie de mes deux nouvelles copines.

Tout à coup, je sentis des mains se poser sur mes hanches, ainsi qu'un corps qui bougeait au même rythme que moi. En ouvrant les yeux, légèrement saoule, je remarquai que ces avant-bras n'étaient pas ceux de Milo. Et en me retournant, je vis un homme brun au yeux perçants, le crâne rasé, très bel homme ; il me souriait de ses dents blanches.

— Hey ! Ne la touche pas ! hurla-Milo qui déboula de colère.

— Ta nana a le droit de danser avec qui elle veut !

— Elle est à moi ! Ne l'approche pas !

Les deux hommes se regardèrent en chien de faïence, prêt à s'attaquer.

— C'est bon ! Vous n'allez pas vous battre ! Alors rangez les crocs… allez plutôt vous calmer au bar ! leur criai-je avec autorité.

Les deux hommes s'observèrent un instant, puis éclatèrent finalement de rire.

— Elle ne rigole pas ta femme !

— C'est pour cela que c'est la mienne ! Cependant elle a raison, on ne va pas se battre. Je te paye un verre ?

Le jeune homme accepta et suivit Milo.

— Je repris ma danse jusqu'à ce que de nouvelles mains me frôlent.

— Non mais ça suff…

Mais c'était Milo, qui se déhanchait derrière moi.

— Alors mademoiselle ! Comme ça vous affolez les hommes sur la piste. Tu sais, je ne t'ai pas quittée des yeux et j'ai bien fait, étant donné les concurrents qui ne cessent de vouloir t'approcher. Ta silhouette dans cette tenue me rend fou. J'aimerais bien qu'on s'éclipse ailleurs pour que nous puissions poursuivre cette danse rien que tous les deux.

— Cela ne me dérangerait pas non plus… car l'objectif de cette soirée, était de la passer ensemble.

— Tu as raison, mais je voulais au moins te présenter à quelques amis. Histoire de me dire que tu n'étais pas qu'un mirage.

— Sauf que malheureusement, il faut que cela reste un rêve.

— Je le sais…

— Avant de passer aux choses sérieuses, est-il possible de dîner ?

— Bien sûr, une table nous attend, rien que tous les deux. Elle est située sur les toits et tu vas voir, le cadre est romantique.

Il ne m'avait pas menti, nous étions seuls sur le toit de ce restaurant. Des pétales de fleurs étaient éparpillées sur toute la surface, illuminée simplement par des flambeaux de bambou.

— J'ai pensé que cela pourrait te plaire !

— Tu as organisé ça pour moi ?

— Oui ! J'avais envie de rendre ces quarante-huit heures inoubliables.

Je le pris dans mes bras et le serrai très fort. J'avais tellement envie de lui dire certaines choses. Toutefois, je ravalai mes mots et m'installai sur la chaise qu'un serveur me présenta.

Le repas fut succulent. Nous finissions la soirée, enivrés, ce qui accentua cette sensation de liberté, loin de tout. Rien que nous. Et nous rejoignîmes tranquillement la villa, encore bien décidés à profiter de ces dernières heures, collés l'un à l'autre.

Le lendemain, Milo était déjà réveillé, un bras tenant sa tête, il m'observait silencieusement.

— Tu es si belle quand tu dors.

— Il est quelle heure ?

Midi passé, marmotte.

— Il faut dire que tu ne m'as pas laissé beaucoup dormir.

— Moi ? C'est toi qui m'as sollicité plusieurs fois si je me souviens bien.

— Ah oui ! Ce n'est pas tout à fait faux.

— Pour te faire pardonner, je te propose de m'aider à préparer un brunch et tu vas me faire tes fameux cookies, dont ma grand-mère ne cesse de me parler.

— Ah oui ? Ils sont si bons que ça ?

— Je crois bien !

— D'accord je m'y mets.

Il m'apporta un tablier qu'il me lança sur le lit.

— Je dois me vêtir que de ça ?

— Effectivement beauté ! Nue sous un tablier, ça va rendre les choses encore plus excitantes.

— Entendu !

Je m'attelai à la pâtisserie, tandis que Milo pressait les oranges et préparait le pain grillé et les œufs brouillés. J'étais d'humeur joueuse, et pris une poignée de farine que je lui soufflai au visage.

— Comment oses-tu agresser un Marcucci de cette façon ? *Vendetta* !

Il prit le paquet de farine entier et me coursa dans la cuisine. Lorsqu'il réussit à me bloquer, il me déversa le reste du sachet sur la tête. Et y ajouta une bouteille d'eau.

— Ah nan ! C'est vraiment injuste. Mes cheveux sont tout pâteux.

— Il ne fallait pas me chercher. Allez femme ! Retourne à tes fourneaux.

— Mais oui c'est cela… je vais plutôt me rincer et je reviens.

— Tu veux que je vienne t'aider ?

— Non ça ira, fais plutôt à manger ! Homme !

Il baragouina un dialecte italien, tout en me donnant un coup de torchon au niveau du postérieur.

Hilare, je me dirigeai vers la salle de bain et contemplai la catastrophe. J'avais l'impression d'avoir des dreadlocks. Et mon visage ressemblait à celui d'une poupée de porcelaine.

Je retirai dans un premier temps le tablier qui était tout humide et collant, puis avec de l'eau tiède et un gant me frottai la poitrine, le cou puis les épaules. Une fois le gant essoré, je lavai ensuite mon visage. En me nettoyant et en me contemplant, une sensation étrange m'envahit. J'étais tiraillée entre un bonheur intense et une immense tristesse.

Cette binarité me plongea soudainement dans une mélancolie abyssale et je ne pus m'empêcher de pleurer. Mon père, la Princesse Anne-Lize, Marina, Milo… Afin que Milo ne puisse deviner ma peine, je m'immergeai sous la douche et y restai un long moment. Après avoir repris le contrôle de mes émotions, je quittai mon refuge.

— Bah alors, qu'est-ce que tu faisais ?

Les yeux brillants, je défis la serviette que j'avais nouée dans mes cheveux et commençai à les essuyer tête baissée.

— Enlever toute cette mixture a été plus difficile que ce que je croyais. Laisse-moi dix minutes pour terminer les cookies et je suis à toi.

J'esquivai ses tentatives de rapprochement en prétextant être accaparée par la préparation, puis une fois que j'eus terminé, je m'installai avec lui sur la terrasse. La table était recouverte de mets très attirants : brioche, viennoiseries, fruits exotiques, pancakes, toast beurrés, œufs brouillés, bacon, fromages, yaourts, jus fraîchement pressé.

— Ce brunch est prévu pour un régiment ma parole, dis-je en ajoutant à ce festin gargantuesque une assiette de cookies tout juste sortis du four.

— Avec tout le sport que nous avons fait, ce n'est pas de trop.

Une boule au ventre m'empêcha d'apprécier ce repas. Je ne grignotai que quelques petites choses, sans envie, car je sentais arriver le point final de ce week-end extraordinaire. Je m'étais faite la promesse de ne pas tomber amoureuse, et de me détacher à temps, de celui qui allait me briser le cœur. Ce que je décidai de faire immédiatement : prendre mes distances et me mettre en condition pour ne pas m'attacher. Même si c'était bien plus facile à dire qu'à faire.

— Ça va Nora ? Tu sembles être ailleurs ?

— Oh oui ! Je repense à tout ce qui s'est passé ces derniers temps et au choix que j'ai fait.

— Celui de ne pas être souveraine ? D'ailleurs qu'est-ce qui t'a poussée à prendre cette décision.

— J'ai pris conscience dans l'avion, que même si mes gênes font partie d'une lignée royale, ça ne fera jamais de moi une Princesse. Je n'appartiens pas au peuple et je ne suis pas légitime. Je crois surtout au destin. Et si cela avait été autrement, je ne serais pas de ce monde. J'ai donc suivi les conseils de mon père. Et choisir cette voie, aurait fait plonger mon entourage avec moi. Tous seraient devenus des personnes publiques malgré eux. Je n'ai pas envie que la mort de mon père soit médiatisée. Je n'ai pas envie que Capucine soit harcelée. Ni que mon mari, enfin mon ex-mari, profite de cette situation pour me faire chanter. Comme tu me l'as déjà dit, je reste une cible et faire tomber un tel cartel va engendrer bon nombre de risques aussi bien pour moi que pour eux. En devenant Princesse, il n'y a pas de retour en arrière possible. Il est bien plus simple de faire *reset* et d'emprunter un chemin de traverse, en veillant à rester anonyme et en ayant la chance de garder le contrôle de sa vie.

Un mafieux et une future Princesse n'ont rien à faire ensemble ! Cette phrase tourna en boucle dans ma tête, mais je ne voulais pas aller sur ce terrain et me brûler les ailes.

— Je comprends, c'est honorable de ta part ! Tu penses au bien être d'autrui avant le tien. Et qu'advient-t-il du second testament ?

— Il a été validé par le conseil, puis à la fin de la séance, invalidé par moi. J'ai régné l'espace de quelques heures.

Juste le temps de déléguer le pouvoir à l'ordre qui a ratifié la constitution et mis un terme à la monarchie, pour laisser place à une République prochaine. Ce qui sera bien plus efficace pour mettre fin à toutes ces malversations avec les finances du royaume, et écarter tous les groupuscules mafieux qui étaient ancrés dans ce système frauduleux. Même si vous aviez le soutien d'Interpol, nous avons veillé à ce que ta famille n'apparaisse pas dans les archives. Vous allez être blanchis.

— Oui j'étais au courant ! Églantine m'en avait fait part, et j'en suis très touché. Merci encore.

— Je te devais bien ça ! N'est-ce pas ?

— Oh mais tu m'as donné bien plus…

Il tenta de poser sa main sur la mienne, mais je la retirai tout aussi vite.

— Je dois me préparer, car mon avion décolle à dix-neuf heures, et je dois retrouver ma fille.

— Oh oui ! Bien entendu, vas-y, je vais débarrasser. Dit-il d'un ton triste.

Tout aussi distante, le trajet retour fut silencieux. J'étais à deux doigts d'éclater en sanglots, mais je me retins de toutes mes forces.

À la sortie du jet, une voiture m'attendait.

Je m'apprêtai à la rejoindre sans même me retourner, mais c'était trop difficile de le quitter sans lui dire adieu. Je rebroussai chemin et me plantai devant lui, qui attendait toujours au pied de l'avion.

Son visage était fermé et ses yeux vitreux. Impassible, je n'arrivai pas à lire en lui.

— J'allai oublier de te remercier pour cette escapade inoubliable. La parenthèse se referme, mais je tiens à te dire que j'ai passé un très bon moment, qui m'a fait oublier bien des choses. Je me demandais aussi, ce qui allait concrètement se passer maintenant ? Enfin je veux dire, où vais-je aller et qu'est-ce que je vais devenir ?

 Il inspira un bon coup et chercha ses mots.

— Je ne sais pas où tu vas. Interpol va te prendre en charge jusqu'à l'aéroport et c'est à ce moment-là, qu'un agent de confiance que je ne connais pas et que personne ne connaît, va te remettre de nouveaux papiers d'identités et des passeports pour ta fille et toi. Il t'informera également de ta future résidence administrative, qui sera je suppose très loin d'ici. Je n'ai pas le pouvoir de la connaître et c'est peut-être mieux ainsi, car tu es toujours recherchée et la priorité est de te protéger.

— Je comprends. Merci beaucoup pour ces informations. Et bien très cher ami, je pars donc voguer pour de nouvelles aventures. Adieu…

 Les poings serrés, je me promis de ne pas craquer et je fixais la BMW blanche qui m'attendait toujours.

 Alors que le chauffeur sortit de la voiture pour m'ouvrir la portière arrière, j'entendis un cri derrière moi.

— NORA ! NORA ! ATTENDS !

 Milo accourut et m'enlaça fermement.

— Nora je t'aime !

 Je ne sus quoi répondre, étant toujours sur le fil du rasoir émotionnellement.

 Je mis fin à son étreinte et lui décrochai une gifle foudroyante.

— Pourquoi tu me fais ça ? On s'était fait une promesse ! Tout ça ne mène à rien et n'est que souffrance. Tu n'as pas le droit de dire ça…

 Je ne tenais plus et ne pouvais pas arrêter mes larmes.

Il tenta de s'approcher de nouveau, mais je le repoussai une nouvelle fois avant d'entrer directement dans la voiture.

— Partons tout de suite ! Je dois récupérer ma fille. Allez ! Vite vite !

Le chauffeur un peu gêné m'informa qu'il était au courant puis démarra en trombe, laissant derrière nous un Milo désemparé.

Aéroport Leonard de Vinci de Rome Fiumicino

Capucine dans les bras, j'étais escortée par quatre agents de sécurité en civil jusqu'à la porte d'embarquement.

— Madame ! Je serai votre principal contact pour faire la liaison entre vous et la France si besoin, ainsi que pour la transmission de toutes consignes de sécurité si vous étiez repérée, et s'il était nécessaire de vous exfiltrer. Vous pouvez m'appeler Asalae, c'est un nom de code.

L'agent qui ressemblait à mon grand-père, sortit d'une sacoche une enveloppe.

Dans celle-ci vous trouverez de nouvelles cartes d'identités, des passeports et tous documents utiles pour que vous puissiez vous intégrer dans votre nouvel environnement. Là où nous vous envoyons, vous disposez d'un logement, puis dans les prochaines semaines d'un travail. Votre fille a déjà une place en crèche. Tout ce dispositif vous permettra de reprendre une nouvelle vie très rapidement et de vous fondre dans la masse. Nous vous conseillons de ne pas vous inscrire sur les réseaux sociaux ou autre, et de rester invisible. Il y a aussi vos cartes d'embarquement. À votre arrivée, un autre agent va prendre le relais et vous emmènera chez vous. Il se fait appeler Pégase. Voilà pour le *briefing*, nous vous souhaitons un bon voyage. Vous savez, vous avez de la chance, je pense que le cadre va vous ravir.

— Attendez ! Est-ce que je pourrai au moins contacter mon père par téléphone pour lui dire que tout va bien.

— Pas tout de suite ! Nous lui transmettrons le message, car le contexte est encore très sensible.

— Merci ! dis-je en reposant Capucine qui tenait fermement son doudou canari tout en mâchouillant sa tétine.

J'ouvris l'enveloppe et regardai nos nouvelles identités : Marion Harmonie pour moi et Rose Harmonie pour Capucine.

— Tiens donc, c'est original, mais j'aime bien.

Puis je découvris enfin sur nos billets, notre destination.

— Oh ouah ! Et bien ma fille, je crois que le paradis nous attend…

Épilogue

Les Seychelles, île de Mahé, 6 mois plus tard...

Je garai ma Renault zoé blanche électrique sur la plateforme de recharge qui se trouvait juste à côté de notre bungalow, dans la résidence *Florale Ans d'argent*.

Le temps était comme très souvent radieux, et légèrement venteux. Capucine dans mes jupes, je sortis péniblement du petit coffre quelques sacs de provisions.

— Tiens ma puce ! Aide maman, car elle est très fatiguée. Je te laisse porter le sopalin.

Capucine exécuta la tâche avec plaisir, en prenant le chemin de notre petite maison luxueuse et confortable.

Alors que nous montions les quelques marches menant à la porte d'entrée, je vis que celle-ci n'était plus verrouillée et légèrement entrebâillée.

— Attends ma puce, viens derrière moi.

Je posai mes sacs et pris un des bâtons de bambou que j'avais laissé à côté du hamac, qui nous servait pour la sieste et qui était accroché sous l'appentis, puis j'entrai doucement à l'intérieur. Rien ne semblait avoir bougé. Toutefois, je vis instantanément que la porte fenêtre était légèrement ouverte.

— Rose reste à côté de maman.

Je m'approchai de l'ouverture et repérai une silhouette de dos, assise sur une des chaises en bois de la terrasse qui faisait face à la mer.

L'individu portait un chapeau de paille, et semblait vêtu de façon décontractée.

— Qui êtes-vous ? Je vous préviens, je vais appeler la police !

L'homme se leva puis se dévoila.

J'en fus toute retournée.

— Qu'est-ce que tu fais là ? Et comment m'as-tu retrouvée ?

Milo retira ses lunettes de soleil, et se figea en me contemplant.

— J'ai loupé un épisode ? dit-il surpris.

Mon ventre rebondi ne laissait pas de place au doute…

— Réponds à ma question avant !

Capucine jeta le sopalin au sol et alla en direction de Milo les bras tendus.

— Oh ma puce ! Toi aussi tu m'as manqué. Alors pour répondre à ta maman, et bien je suis ici pour t'informer que tout est résolu. Dans les grandes lignes mais je t'expliquerai les détails plus tard, lorsque mon père est sorti de prison il a repris les rênes et un bon nombre de têtes sont tombées. Des têtes qui voulaient ta peau. Des marchés ont été conclus et la nouvelle République instituée a fait son effet. Franklin a été retrouvé pendu dans sa cellule et le dossier a été clôturé. Toutefois, il a réussi à nous surprendre jusqu'à sa fin, car il a laissé une lettre mentionnant le lieu où se trouvait le corps de son soi-disant neveu, en avouant aussi qu'il l'avait fait tuer puisqu'il ne voulait plus le couvrir. Et il a révélé, qu'en réalité ce n'était pas son neveu, mais son amant.

— Quoi ? Oh vraiment ? Il était gay ?

— Apparemment ! Mais il a bien caché les choses car si ça s'était su, son infidélité aurait suffi à l'écarter du trône.

— Et sa mort c'est vous ?

— Nan ça ne vient pas de nous ! Cependant je confirme qu'il était trop lâche pour mettre fin à ses jours lui-même, donc cela a été prémédité.

— Et comment as-tu su que j'étais ici ?

— Un des marchés faisait l'objet de l'obtention de cette information.

— Cela veut dire que je suis libre ?

— On va dire que tu ne cours plus un danger immédiat, néanmoins il faut attendre encore quelques mois pour en être sûr…

Il reposa Capucine au sol et enleva son chapeau. En s'approchant de moi, je le vis sortir une petite carte de sa poche. Je posai le bâton et la récupérai.

— Je suis vraiment navré de te remettre ça.

— Qu'est-ce que…

C'était le faire-part de décès de mon père. La date indiquait qu'il avait été inhumé quelques semaines plus tôt.

— Je m'y attendais, car ces derniers temps lorsque j'en parlais à mon agent de liaison, il me disait que c'était bientôt la fin.

J'essuyai mes yeux humides du revers de la main, et les fermai une fraction de secondes pour visualiser le visage de mon père.

Papa ! Je t'aime si fort et tu vas terriblement me manquer. Je suis que tu ne souffres plus et que tu es déjà à mes côtés…

— Nora ! Je suis vraiment de tout cœur avec toi. J'ai aussi conscience que ce n'est pas le moment, mais peux-tu m'expliquer pour ce que j'ai l'impression de voir ? Tu as rencontré quelqu'un ?

— Non je n'ai rencontré personne. Figure-toi que c'est le fruit imprévu de notre escapade. Celui-ci est un garçon si tu veux tout savoir.

— Oh mon Dieu !

Il s'agenouilla devant moi et posa ses mains sur mon ventre.

— Je, je, je vais être papa ?

Capucine se rapprocha de nous, jalouse de l'attention que me portait Milo.

— Ma puce, on ne t'oublie pas, ne t'inquiète pas. Je me retournai vers Milo. Et oui, toi tu vas être père ! Par contre, la vie d'un mafieux n'est pas compatible avec la nôtre.

— Cela tombe bien, car j'ai quitté le *business* familial pour montrer ma propre agence immobilière de luxe, ici, à Mahé et sur tout l'archipel. En toute légalité. Et d'ailleurs, cela marche très bien. En ce qui concerne les autres affaires, et bien j'ai délégué mon pouvoir à mon jeune frère qui n'attendait que ça.

— Oh ! C'est vrai ? Je suis heureuse pour toi…

— Si j'ai fait tout ça, c'est parce que j'ai dit à mon père que j'étais fou amoureux de toi. Et j'ai remué ciel et terre pour pouvoir enfin te rejoindre et éloigner tous les obstacles qui nous séparaient. Du reste, j'aurai voulu faire ça autrement…

— Faire quoi ?

Toujours agenouillé, il sortit de son autre poche un écrin en velours noir et l'ouvrit. Dedans se trouvait une magnifique bague en diamant, en forme de camélia.

— Veux-tu devenir ma femme ?

Une vague d'émotions me submergea soudainement et je faillis m'évanouir.

— Ma chérie est-ce que ça va aller ?

— Oh oui, oui ! Ce sont les hormones… je suis juste tellement heureuse que j'en ai le souffle coupé. Bien sûr que oui… je t'ai aimé dès le premier regard, et ça a été une vraie épreuve de te quitter. Je voulais tellement te dire que je t'aimais, mais j'avais l'impression qu'il valait mieux fermer la porte pour ne pas souffrir. Alors que je t'aime tellement. Je n'ai jamais cessé de penser à toi, à nous.

— Moi aussi ! Et il n'y a que toi. Je n'ai jamais rien ressenti de tel pour une autre femme. Je vous aime toutes les deux.

Capucine sauta de nouveau dans ses bras, tandis qu'il essayait de glisser la bague de fiançailles à mon annulaire gauche.

— J'ai une autre surprise pour toi ! me dit-il en se relevant.

— Tu veux me faire accoucher prématurément ?

— Oh que non. Au contraire, maintenant je veux profiter le plus possible de la suite de ta grossesse. Ce que je veux te dire, c'est que dans quelques jours, Marina et son mari viendront ici. J'ai participé à leur voyage de noces, ce qui vous permettra de vous retrouver.

— Ohhhhhh merciiiiii ! C'est formidable ! Cela ne pouvait pas me faire plus plaisir.

— Et toi ! Tu n'aurais pas pu me faire plus beau cadeau que ce oui magnifique, ainsi que ce petit être qui va me transformer en père.

Pour célébrer cet instant de pur bonheur, nous nous installâmes tous les trois face à l'océan indien, comme une vraie famille, enlacés en rêvant et en nous projetant vers un avenir plein de promesses, ce qui valait bien mieux que toutes les couronnes du monde…

En cette fin heureuse, je remerciai aussi ma mère, qui sans ses derniers mots, ne m'aurait pas incité à changer mon destin.

FIN